가슴으로 만난 사람은 꽃이다 v

가슴 따뜻한
한 편, 한 편의 시어들과
아름다운 그림 속에
다양한 삶을 살아오신
귀한 분들의
시·마음 글 곱게 담았습니다.

소중한 ＿＿＿＿＿＿＿께
사랑이라는 이름으로
시詩 같은 마음 바칩니다.

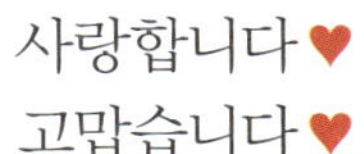

사랑합니다 ♥
고맙습니다 ♥

사랑의 마중물로 여는 글

꽃으로 피어난 마음의 시, 먹빛의 미학, 시·마음 글 숲

가슴으로 만난 사람은
언제나 꽃이 됩니다.
그리움은 조용히 피어오르는 꽃잎이 되고
사랑은 오래 남는 향기가 되어
삶의 뒤편을 은은히 밝힙니다.

이삭빛 시인의 시어는
사람의 마음을 꽃처럼 열어
세상을 따뜻한 숲으로 물들입니다.

그 시에 스며 있는 온기는
오래도록 품어온 인간의 마음결을
잎맥처럼 고요히 드러냅니다.

그 숲 위를
홍성모 화백의 붓끝이 지나가면
풍경은 더욱 깊어지고
한 사람의 내면으로 이어지는 길이
차분히 열려 나갑니다.

그의 동양화는
말 없는 사유처럼 번져
우리 안의 잊힌 감정에 빛을 건넵니다.

이 시집은
이삭빛 시인의 시를 읽고
자신만의 삶을 걸어온
마흔 여명의 작자들이 남긴
진솔한 마음 글입니다.

저마다의 계절과 마음의 무늬가
시와 그림 속에서 조용히 피어나
하나의 숲을 이루었습니다.

하늘에 닿을 듯 맑은 시구,
먹빛처럼 깊게 번지는 감정,
그 모든 순간이 한 권의 책 속에서
별빛처럼 잔잔히 반짝입니다.

이 책을 여는 당신도
그 숲의 한가운데에서
가슴으로 피어난 꽃이 될 것입니다.
당신의 마음 또한
누군가에게 삶을 따뜻하게 비추기를 바랍니다.

편집장 **노상근** 교육학 박사/문학평론가
시활동가 1호, 시인
前 전주서중학교 교장
前 안중근장군전주기념관 관장
前 전북대학교 겸임 교수
이삭빛TV독서대학 학장/진행자
이삭빛천사본부 대표 외

가슴으로 만난 사람은 꽃이다 Ⅴ

목 차

시·마음 글 참여 명사 목차

(명단은 작가 글 順)

홍성모의 여름날의 추억

홍성모의 천년송

내 모습이 먹구름이라고
난 포기하지 않아.
버거움은 가장 힘들 때 신이 주는 선물,
지금 이 순간이 끝이 아니야.

나만의 길을 걷고 있는 거지

어둠이 어둠을 불살라 빛을 만들어 내듯
꽃에게 향기를
고독한 이에게 푸르름을
음악 같은 빗방울을 물고서
네게 달려가는 거야.

저 들판에 흐르는 강물 소리로
나비들의 작은 날갯짓으로
때론 대적을 무찌른 장군처럼
바다 같은 의젓함으로
네게 다가가는 거야

시작과 끝이 있다는 것은
가슴 뛰는 일이야.
아픔이 쌓여 지탱할 수 없을 때
사랑마저 끝이라고 생각할 때
그때가 신이 나를 가장 나답게 만드는 시간,
시작이라는 걸 잊지 마.

젊은 날, 나는 사범대의 강의실에 앉아 교단을 향한 꿈을 꾸었다.
아이들의 마음을 어루만지는 교사가 되고 싶었다.
그러나 내 안의 또 다른 목소리는 조용히, 그러나 끈질기게 속삭였다.
'너는 노래로 세상에 힘을 주는 사람이다.'

그 목소리를 외면할 수 없었다.
안정된 길 대신 불확실한 무대를 택한 순간, 세상은 나를 향해 물었다.
'정말 그 길이 옳은가?'
나도 몰랐다.
다만, 내 가슴이 뛰는 곳으로 가야 한다는 것만은 확실했다.

노래는 나를 버티게 하는 힘이었다.
무명 시절의 긴 터널 속에서 수많은 좌절과 외로움이 밀려왔지만,
그 버거움은 내 목소리를 더 깊게 만들었다.
이삭빛 시인이 말한 것처럼, '버거움은 신이 주는 선물'이었다.
그 고통 속에서 나는 내 안의 불씨를 발견했다.

'Don't Cry'를 부를 때면, 나는 내 삶의 고단한 눈물과 마주한다.
그 눈물은 슬픔이 아니라 희망이었다.
절망의 끝에서 다시 시작할 수 있는 용기, 그것이 나를 지금의
김경현으로 만들었다.

삶은 늘 예측할 수 없는 멜로디다.
하지만 어둠이 어둠을 불살라 빛을 만들 듯,
아픔이 있었기에 내 노래는 진실해졌다.
무대 위의 한 줄기 조명 아래, 나는 지금도 나만의 길을 걷는다.
시작과 끝이 있다는 건 두려움이 아니라 축복이다.

끝이 있기에 다시 시작할 수 있고,
버거움이 있기에 사람의 마음을 울릴 수 있다.
이제 나는 안다.
신이 내게 먹구름을 주신 이유는,
그 속에서 노래라는 빛을 피워 올리게 하려는 뜻이었음을.

김경현 가수
더 크로스의 2대 보컬로 합류해 'Don't Cry'를 통해 대한민국 락의 흥행 역사를 새로 쓴
보컬리스트이다. 22초 샤우팅의 전설, 결코 흐트러짐 없이 완벽한 라이브로 유명하며,
음악에 대한 열정과 팬을 향한 진심을 담아 진정한 뮤지션의 길을 걷고 있다.

김경현 더 크로스 'Don't Cry'

첫눈

가을이 한 잎, 한 잎
떨어지는 소리에
그대여, 슬퍼하지 마라.
가을이 깊어져 겨울이 되어서야
네가 내게로 올 수 있나니

그대여!
겨울은 어쩌면 내 생에 가장 빛나는 봄날,
그리움의 주머니에 네 눈빛을 넣고
네가 좋아하는 메타세콰이어 길에
눈송이 같은 미소로 마중 나가 있을 테니,

사랑의 껍질을 벗어던지고
한 번도 상처받지 않았던 청춘으로 내게 와라.

첫눈을 기다리며 — 나의 고향 진안에서 서울까지, 마음의 여정

첫눈이 내리면
진안 백운의 산자락이 조용히 말을 걸어옵니다.
어릴 적, 눈송이를 기다리던 그 설렘이
지금도 내 마음 깊은 곳에서 살아 숨 쉽니다.

그 시절엔 모든 것이 순수했고
기다림은 희망이었습니다.
이삭빛 시인의 시를 읽으며
내 안의 오래된 그리움이 다시 피어납니다.

서울의 바쁜 일상 속에서
나는 시내버스 노동자들의 목소리를 대변합니다.
시민의 삶과 서울시의 운영 사이에서
더 나은 길을 찾기 위해
조율하고, 경청하며, 함께 고민합니다.

때로는 마음이 지치지만
진안의 자연을 떠올리며
그 고요함 속에서 위로를 얻습니다.
겨울이 봄처럼 빛날 수 있다는 시인의 말처럼
나는 오늘도 따뜻한 대안을 향해 나아갑니다.

사랑의 껍질을 벗고
상처 없는 청춘으로 돌아가고 싶은 마음,
그 마음을 품고
첫눈처럼 맑은 시선을 잃지 않으려 합니다.

첫눈은 내게 말합니다.
조용히, 그러나 깊게.
그대여, 슬퍼하지 마오.
눈물도 결국 빛이 되니.

진안 백운 산바람
어릴적 벗을 그리며
나는 오늘도 첫눈을 기다립니다.
그 기다림이
내 삶을 단단히 지탱해주는 힘이 되기를 바라며.

박점곤 서울시 시내버스 노조위원장, 한양대학교 갈등연구소 전문위원

🌱 사람이 사람에게 줄 수 있는 것은

사람이 사람에게 줄 수 있는 것은
사람이다.

사람은 기적이다.
사랑이며, 세계를 움직이는 꽃이다.
두 사람을 하나로 만드는 마법이다.
열사람을 사랑 안에 거하게 하는
하얀 심장이다.

사람이 사람에게 줄 수 있는 것은
사람이다.
사람이 사람에게 받을 수 있는 것도
사람이다.

이 세상 어느 것도 사람만큼 중요한 게 없다.
내가 먼저 좋은 사람이 되는 것이다.

★詩포인트
정현종 시인은 "사람이 온다는 건 실은 어마어마한 일"이라고 말했다.
부서지기 쉬운 그래서 부서지기도 했을 그 마음을 꼭 안아주는 일,
사람이 사람에게 줄 수 있는 것은 먼저 좋은 사람이 되어 주는 일이며, 사람만큼
소중한 것이 없다는 것. 사람이 사람에게 줄 수 있는 것은 오직 사랑이다. 오직 사람이다.

사람이 사람에게 줄 수 있는 가장 큰 선물은 사람이다

이삭빛 시인의 시(詩) 한편이 제 가슴을 두드립니다.
이 시는 단순한 시가 아니라, 제가 걸어온 삶의 굽이굽이를 비추는
거울과도 같았습니다.

저의 뿌리는 남원 인월의 투박한 흙 내음에 닿아 있습니다.
그 산골 소년이 품었던 막연한 동경은 전주고등학교 교정에서
구체적인 꿈이 되었고, 서울대학교의 치열한 배움터에서
학문적 지혜로 다듬어졌습니다.

그 후
전북대학교의 강단에 섰고, 총장이라는 막중한 책임을 맡고,
전북연구원장으로서 지역의 미래를 고민했던 시간들은
저에게 영광이라기보다 과분한 배움의 연속이었습니다.

하지만 이 긴 여정을 관통하며 저를 지탱해 준 단 하나의 진리는
지식이 아닌 인간 냄새나는 사랑이었습니다.
지금은 하늘에 계신 어머님께서 못난 아들에게 베풀어주셨던
그 무한하고 조건 없는 사랑.
그것이 저를 키웠고,
제가 세상을 대하는 방식을 결정지었습니다.
어머님의 사랑을 통해 저는 깨달았습니다.

교육이란 단순히 지식을 주입하는 것이 아니라,
한 사람을 온전한 우주로 대우하는 존중에서 시작된다는
사실을 말입니다.

아이들에게 '너는 존재만으로도 소중하다'라고 말해주는
따뜻한 눈빛, 그것이 한 아이의 인생을 바꾸는
가장 위대한 힘임을 저는 믿습니다.

사람이 사람에게 줄 수 있는 것은 결국 사람의 마음입니다.
교육은 스승이 제자에게 지식을 넘어선 신뢰를 건네고,
그 신뢰 속에서 희망의 싹을 틔우는 숭고한 과정이어야 합니다.

이제 저는 익숙한 길에 안주하기보다,
가슴 뛰는 새로운 소명 앞에 겸허히 서고자 합니다.
저의 지난 경험과 철학이 거름이 되어,
학생들에게는 밤하늘의 별 같은 꿈을 심어주고,
선생님들에게는 가르침이 고통이 아닌 벅찬 보람이 되는
세상을 만들고 싶습니다.
서로가 서로를 통해 성장하고, 사람의 향기가 진동하는 교육 현장.
그 가슴 설레는 참교육의 길을 여는데
저의 남은 모든 열정을 바치겠습니다.
이 길이 제가 받은 사랑을 세상에 되돌려주는 보답이기 때문입니다.

이남호 진짜배기 전북교육포럼 상임 대표
전 전북대 총장, 전 전북연구원장

얼굴 없는 천사
 – 양손을 펴고 날개를 퍼덕이면 알게 되지

빗방울이 밥이었던 가난한 사람들에게
이름 없는 어느 한 남자가
가슴에서 꺼낸 밥 한 숟가락을 나눠 주면서
노송동 마을에 기적이 일어났네

따뜻한 종소리 눈송이처럼 퍼붓던 어느 해부터
해오름을 오르내리던 천사의 날개가
행복이 되어 쏟아지면
노송동사람들은 얼굴 없는 천사가 되어
모두가 날개옷 하나씩 내 놓기 시작했지

그 어느 한 남자의 뜨거운 날갯짓은
세상사람 모두의 뜨거운 밥으로
생명의 입맞춤이 되었네

천사의 소리 알아듣고 싶은 자는
노송동에 와서 해가 떠오를 때
양손을 펴고 날개를 퍼덕이면 알게 되지
왜 양손을 펴야 하는지
왜 가슴으로 밥 한 숟가락을 나눠줘야 하는지를

삶의 가치로 행복을 전파해온 오병이어의 기적을 선물한 얼굴 없는 천사!
그는 대한민국에서 가장 가난한 마을을 가장 행복한 마을로 선물한
세상에서 가장 아름다운 천사이다.
※밥 한 숟가락: 돼지저금통

이 작품은 2024 프랑스 올림픽 파리시화전에서
한불문학상 수상 작품

얼굴 없는 천사/ 문은경 시낭송가

🍂 시·마음 글

얼굴 없는 천사, 세상을 데우는 밥 한 숟가락의 기적

산골 시인 이삭빛 시인님의 '얼굴 없는 천사' 시는
각박한 현대를 살아가는 모든 이에게 가슴 벅찬 울림을 안깁니다.

이 얼굴 없는 천사는 2000년 4월부터 시작,
2024년 지금까지 '어려운 이웃을 도와주십시오'라는
간결한 편지와 함께 해마다 수천만 원의 지폐와 동전이 들어있는
돼지 저금통을 전주 노송동 주민센터 인근에 놓고 갑니다.

빗방울마저 밥이었던 이들에게 얼굴 없는 천사,
한 남자가 나눈 '밥 한 숟가락'은 단순한 온정을 넘어선
생명의 입맞춤입니다. 따뜻한 종소리처럼 퍼져나간 나눔은
전주 노송동 사람들의 마음속에 천사의 날개를 피어나게 했고,
이 소식은 우리 모두가 얼굴 없는 천사가 되어

봉사를 실천하는 기적의 씨앗이 되었습니다.
저는 천사마을 발원지로 알려진 이곳,
전주 한옥 마을 인근 천사 마을에서
'카티모'라는 커피숍을 운영하는 정길현 명인입니다.
아시아 커피 명인으로서, 시에 담긴 '얼굴 없는 천사' 정신을
닮아가고자 이삭빛 얼굴없는 천사본부 후원회장을 맡고 있습니다.

이삭빛 얼굴없는 천사본부는 얼굴 없는 천사가 해마다
성금을 놓고 가는 고결한 정신을 이어받아,
주변에서 말없이 봉사하는 이들을 찾아 해마다
얼굴 없는 천사 봉사상을 수여하고 있습니다.

이 운동은 새로운 나눔에 또 다른 나눔을 이어주는 행복의 샘입니다.
진정한 행복은 양손을 펴 나눔으로써 깨닫게 된다는
이삭빛 시인님의 사랑의 메시지처럼,
저희 '카티모' 역시 그 숭고한 나눔의 릴레이에 동참하며
세상의 뜨거운 밥이 되기를 소망합니다.

정길현 전주 천사마을 카티모 대표, 아시아 1호 커피 명인

*이삭빛 얼굴없는 천사본부는 전주 노송동 얼굴없는 천사의 숭고한 뜻을 기리기 위하여 매년 우리 주변에서 말없이 봉사하는 얼굴 없는 천사를 찾아 그 분에게 천사 봉사상을 수여하는 단체이다. 지금까지 열명의 다양한 분야에서 봉사하신 얼굴 없는 천사에게 천사패와 상금 100만원을 수여하고 있다. 이 단체 명예 이사장은 배철 의학박사, 현)이사장 김영붕 교육학박사, 공동 대표는 노상근 교육학박사 前 전주서중 교장과 이삭빛 시인, 본부장 박성옥 前 중앙여고 교장, 詩畵 헌정 김정숙 군산대학교 교수, 후원회장은 정길현 카티모 대표가 맡고 있다.

하늘이 나를
버리지 않았다
너를 본 순간 알았다

내가 웃고 있다는 것을

🍂 시·마음글

나의 길은 한없이 막막한 불모지였다.
아무도 걷지 않은 들판 한가운데, 나는 홀로 섰다.

손끝에 쥔 것은 단 하나,
'모두가 함께 웃는 스포츠'라는 작은 씨앗.
그 씨앗은 활쏘기의 기상과 투호의 정겨움,
그리고 몸과 마음의 균형을 꿈꾸는 새로운 바람, 한궁이었다.

수많은 밤, 나는 잠을 잊고 규칙을 세우고, 장비를 다듬으며
특허의 문을 두드렸다.
외로움이 등에 기대고, 좌절이 발목을 잡을 때면
나는 하늘에 물었다. '이 길이 정말 옳은 길인가?'

그때, 가슴 깊은 곳에서 조용히 메아리치던
이삭빛 시인의 시 한 줄

'하늘이 나를 버리지 않았다.' 그 말이
내 어둠을 비추는 등불이 되어 다시 길을 걷게 했다.

그리고 마침내, 나는 웃음을 보았다.

전국의 200만 동호인, 휠체어 위에서
환하게 웃는 노인, 땀에 젖은 손으로
화살을 쥔 아이들 그 모두가 내 꿈의 결실이었다.

한궁韓弓, 그 이름은 단순한
스포츠가 아니었다.
사람과 사람을 잇는 화합의 끈, 이 땅의 희망을 꿰매는 노래였다.
그날 나는 알았다. 내 집념이 헛되지 않았음을,
내 꿈이 이 땅 위에 뿌리내리고 있음을, 그리고 내가 웃고 있음을.

이제 나는 다시 꿈꾼다.
이 K-스포츠의 빛이 세계의 하늘 아래 반짝이기를.

나의 한궁은 지금, 비로소 시작이다.

허 광 한궁 창시자, 시인

아버지의 길.46x74cm.한지에 수묵담채.2023(임실)

작은 것들을 위하여

구겨진 세상 아래서
풀꽃 하나가 조용히 피어난다
해는 아직 거기까지 닿지 않지만
풀꽃은 스스로 봄을 꺼낸다

학교 가는 길,
낡은 운동화 안으로 스며든 찬바람 하나가
아이의 발자국 곁에서 속삭인다
"따뜻한 바람이 되어줄게"

우리들의 영웅도 구겨진 공책 위에
소망을 꾹꾹 눌러 쓰던 작은 아이였다
풀꽃은 그걸 기억한다
흙 속에서 피어나던 용기와
말없이 견디던 눈빛을

작다는 건 지워질 운명이 아니라
가장 오래 사랑을 배우는 통로라는 걸

아이야, 기억하렴
너의 조그마한 생각 하나가
세상을 웃게 할 수 있다는 것을

작은 것들을 위하여

마이산 바위 아래,
나는 돌을 올립니다.
혹한의 바람,
혹서의 햇살 속에서도
돌 하나, 마음 하나를 얹습니다.

이갑룡 처사의 뜻을 잇고
수많은 세월의
흔적을 품은 탑을 지키며
나는 수행의 길을 걸어왔습니다.
세상은 구겨졌고,
내 마음도 때로는 흔들렸지만
풀꽃처럼 조용히 피어나기를 바랐습니다.

이삭빛 시인의 시를 읽으며
작은 것들이 얼마나
큰 울림을 주는지
다시금 마음에 새깁니다.
작은 아이가 영웅이 되듯,
작은 사랑이 큰 자비가 되듯,
작은 돌 하나가 탑이 되듯.

내 삶도 그랬습니다.
작은 나눔, 작은 봉사,
작은 기도
그것들이 모여
세상을 따뜻하게 감싸는 바람이 되기를 바랐습니다.

작다는 것은 사라짐이 아니라
가장 오래 사랑을 배우는 길.
내 수행도, 내 인생도
그 길 위에 있습니다.

오늘도 나는
작은 것들을 위하여
돌 하나를 올립니다.

진 성 신비령산 마이산 탑사 회주

마이산 사계1.37x47cm.한지에 수묵담채.2021(진안)

바다에서

그대 앞에 있어도
그대가 보고 싶어
그대 옆에 있어도
그대가 그리워져

사람이 사람을 사랑한다는 것은
눈앞이 캄캄하도록
'오로지'
홀로 서서 부서져 내리는 일

한 번도 사랑해보지 않은 사람은 몰라
그 아픔이 얼마나 찬란한지
죽도록 사랑한다는 것은
아찔한 외로움 끝에서도
별처럼 소금 꽃이 되는 일이지.

고통의 파도를 사랑이라고 부르는 일이지.

이삭빛 시인의 '바다에서'를 읽으며, 제 삶을 관통해 온 고향 정읍,
그리고 제가 품고 사는 가치와 비전이 파도처럼 밀려옵니다.
시인이 노래한
'눈앞이 캄캄하도록 '오로지' 홀로 서서 부서져 내리는 일',
그것이야말로 기자가 사회의 파고(波高)에 맞서며 겪었던 외로움이요,
고향 정읍을 향한 제 숙명적 사랑의 비의(意)가 아닐 수 없습니다.

'그대 앞에 있어도 / 그대가 보고 싶어'라는 구절은,
제가 태어나고 자란 이 동학의 땅, 수제천의 고장 정읍에 대한
그리움과 헌신을 대변합니다.

다원시스의 고문으로서 첨단 산업을 유치하고,
재경 전북도민회 수석부회장으로서 향우들의 힘을 모으는
모든 행보가, 결국 눈앞에 있는 정읍을 더욱 찬란하게 만들고 싶은
간절한 '보고 싶음'의 발로입니다.

특히 '죽도록 사랑한다는 것은 아찔한 외로움 끝에서도
별처럼 소금 꽃이 되는 일이지'라는 시구는,
수제천 보존회 이사장으로서 제가 짊어진 무게를 일깨웁니다.
수제천은 백제가요 '정읍사'의 얼이 담긴 고악(古樂)이지만,
보존하고 세계화하는 길은 때론 외롭고 험난합니다.
그러나 이 외로움 끝에서 피어날 '소금 꽃',
즉 수제천의 유네스코 세계문화유산 등재라는
찬란한 결실을 향해 멈출 수 없습니다.

저의 꿈은 정읍의 전통이 세계적인 문화자산이 되어
미래 세대의 자부심이 되는 세상입니다.

'고통의 파도를 사랑이라고 부르는 일',
이 마지막 울림이야말로 제가 언론인으로,
그리고 지역 리더로서 살아온 방식입니다.
지역 발전의 난제들, 좌절의 순간들을 고통으로만 남겨두지 않고,
공동체의 성장과 문화의 승화라는 '사랑'의 이름으로 받아들이는
헌신, 그것이 바로 정읍과 전북에 대한
저의 '찬란한 아픔'이자 사명입니다.

저는 산업과 문화가 균형을 이루어 세계로 뻗어나가는
'고향 정읍'을 꿈꿉니다. 수제천의 깊은 선율이 다원시스의
첨단 기술과 어우러져, 지역의 정체성을 강화하고,
전북의 브랜드 가치를 높이는 세상을 만들고자 합니다.
이 시가 던지는 깊은 외로움과 사랑의 질문 속에서,
저는 다시금 정읍을 향한 제 마음을 다잡고,
그 '파도'를 사랑으로 품어 나갈 힘을 얻습니다.

장기철 재경전북도민회 수석부회장, 정읍수제천보존회 이사장
　　　 다원시스 상임고문

덕진공원에 가야겠다

연꽃이 피었으니
너를 만나러 덕진공원에 가야겠다

그저 네가 있을 것만 같은
그 자리,
스치는 바람에
가슴 저리도록 아파와도 좋다

발밑에 채이는 돌멩이 하나도
어쩌면 너의 발자취일지 모른다는 생각에
함부로 걷지 못하고
느린 걸음으로 연못가를 맴돌겠지

그림자처럼 숨어 있는 옛이야기들
어딘가 낡은 벤치에 기대앉아
네가 읽었을지도 모를 시집을 펼쳐 들고
가슴 시린 구절마다 네 얼굴을 떠올리겠지

물에 잠긴 달처럼 아득한 그리움이
내 안을 채우고 넘쳐흐를 때쯤
어느새 바람은 너의 속삭임이 되어
내 귓가를 간지럽히겠지
나는 그제야 눈을 감고
네가 두고 간 온기를 느끼며
비로소 너를 만났다고 믿으리라

이삭빛 시인의 시,
'덕진공원에 가야겠다'는
내 마음 깊은 곳을 다정히 두드렸다.

그 시를 읽는 순간,
나는 오래된 기억 속 덕진공원으로 걸음을 옮겼다.

그곳은 전주의 혼이 깃든 명소이자,
나에게는 인생의 한 장면마다 늘 배경이 되어준 마음의 고향이다.

연꽃이 피어오르는 그 풍경은,
민속예술의 정체성처럼 고결하고 순수한 빛으로
내 앞에 펼쳐진다.

그 모습은
곧 내 삶의 꽃밭이자,
전라북도의 문화적 위상을 드높이려 애썼던 나날들의 상징이었다.

나는 오랜 세월,
전주기접놀이와 백중놀이, 그리고 농촌 공동체의
풍류를 되살리며
전북을 '예향(藝鄉)',
예술의 고장으로 만들고자 노력해왔다.

연못에 비친 달빛은 마치 세월의 거울처럼
그리움과 성찰을 함께 비춘다.
발끝에 닿는 자갈 하나에도,
그 시절 예술 발전을 위해 흘린 땀방울의 기억이 깃들어 있다.

이제는 그 모든 열정과 고난이
덕진공원의 연꽃처럼 고요히 피어나고 있다.

나는 그 앞에서 비로소 깨닫는다.
예술은 누군가의 이름이 아니라,
세월과 사람의 마음이 함께 만든 혼(魂)이라는 것을.

바람이 스칠 때면 가슴이 저려온다.
그러나 그 아픔마저도 감사하다.
그 길고 고단했던 여정이 있었기에
오늘의 전북 예술이 이만큼 빛날 수 있었으리라.

최무연 전북 예총회장, 교육학 박사

봄비에게

그대, 마지막이라고 말하지 말아요

땅에 떨어진 눈물
뿌리처럼 뻗어 나가
신도 못다 한 이야기
아픈 햇살에 씻어내고

우리, 가슴 뛰는 언덕으로 뛰어올라
천만 송이 꽃으로 돋아나요
– (3.1 승광재에서)

*봄비는 희망의 노래이자 사랑의 마중물이다.
 죽음을 녹여내 꽃을 피우는 생명력이다.
 우리 안에 그 거룩한 힘을 발견하고 희망의 문을 여는 것이다.
 – 이삭빛

내 마음에 내리는 봄비

봄비가 내리는 날, 전주 한옥마을 승광재의 마루에 앉아
이삭빛 시인의 시를 읽었습니다.

그날은 삼일절,
나라의 숨결이 빗방울마다 스며드는 날이었습니다.
'그대, 마지막이라고 말하지 말아요.'
그 한 줄이 제 마음을 적셨습니다.
마치 조선의 마지막 황손으로 살아온
제 삶을 다정히 감싸 안는 듯했습니다.

어린 시절, 궁궐의 담장 너머로 바라보던 세상은
낯설고도 찬란했습니다.
그러나 해방과 함께 황실은 역사 속으로 흩어지고,
저는 이름만 남은 황손으로 세상의 바람 속을 홀로 걸어야 했습니다.

눈물처럼 떨어진 기억들이
이제는 땅속 깊이 스며들어 뿌리가 되었습니다.
그리고 그 뿌리 위에서, 승광재의 봄비 속에 다시 꽃을 피우려 합니다.

시인은 말했습니다.
'아픈 햇살에 씻어낸 이야기들.'
그 이야기를 저는 살아왔고, 이제는 그 이야기를 전하려 합니다.

승광재는 조선의 숨결이 머무는 집,
옛 혼이 아직도 창호 사이로 드나드는 곳입니다.
그곳에서 저는 황실문화재단의 총재로서
조선의 빛을 지키는 작은 불씨 하나를 붙들고 있습니다.

'우리, 가슴 뛰는 언덕으로 뛰어올라 천만 송이 꽃으로 돌아나요.'
이 구절은 저의 소망이며, 조선의 마지막 황손으로서의 약속입니다.

봄비는 제게 속삭입니다.
'당신은 끝이 아니라, 시작입니다.'
그 말에 저는 다시 피어날 용기를 얻습니다.

오늘도 봄비 속에서, 조선의 꽃이 다시 피어나길 꿈꿉니다.
그 꿈이 바로, 제 마음에 내리는 봄비입니다.

이 석 조선 마지막 황손

남천교 청연루.160x336cm.한지에 수묵.2023.(전주)

한벽당에 겨울.76x99cm. 한지에 수묵담채.(전주)

이 모든 길이 너였어

비 오는 날 걷던 골목도 햇살에 물든 창가도
스치듯 지나간 모든 순간에 너의 숨결이 머물러

잊은 줄 알았던 그날이 노래처럼 되살아나
가슴 한켠, 조용히 떨리는 건
아직도 널 사랑하나 봐

이 모든 길이 너였어
내 발걸음이 닿은 곳마다 널 향한 마음이 피어나
그 끝에서 난 너에게 닿기를 기도해

눈물이 머문 새벽에도 그리움에 잠 못 들던 밤에도
내 안에 흐르던 멜로디는 언제나 너를 닮았어

이 모든 길이 너였어
내 노래가 멈추는 곳마다 너라는 별이 떠올라
그 끝에서 난 다시 널 안고 싶어

수많은 계절을 돌아 사랑이란 이름으로
네게로 향하던 모든 걸음은 결국 너였다

이 모든 길이 너였어 그게 사랑이었어
그게 나였어

오카리나, 그 숨결로 걷는 길

나는 작은 천상의 악기, 오카리나를 품은 사람입니다.
하나님께서 내게 주신 은사 덕분에
이 소박한 악기로 지친 이의 마음에 한 줄기 바람이 되고,
삶의 끝자락에서 흔들리는 이에게 하늘의 숨결을 전하고 있습니다.

교사로 지내던 시절, 방황하던 아이들의 눈빛 속에
그들과 함께한 음악 시간은 행복한 나눔의 시간이었습니다.

그때 나는 알았습니다.
음악은 단순한 가르침이 아니라
누군가를 살리는 기도라는 것을.

이삭빛 시인의 「아 모든 길이 너였어」를 읽으며
나는 내 걸음을 돌아봅니다.
내가 걸어온 모든 길, 내가 연주한 시간들 하나 하나가
결국 사랑이었고,
하나님의 은총이었으며, 그분이 내게 맡기신 순례의 길이었음을.

오늘도 나는 오카리나를 불며,
바람처럼, 기도처럼, 누군가의 눈물 곁에 머뭅니다.

그리고 다시 고백합니다. 그 길이 사랑이었고,
그 사랑이 당신이었으며,
그 길 위에 서 있는 내가 그분의 숨결이었음을.

김영식 영혼을 울리는 소리 오카리나 연주자, RGB 예술문화 아카데미 원장

김영식

이 모든 길이, 너였어
– 나의 생을 돌아보며

비 내리던 날에도
나는 멈추지 않았다.
세상을 따뜻하게 감싸는 멋지게 탄생 할
글 한 줄을 믿으며
하루의 마음을 묵묵히 새겨 넣었다.

묵은 종이 냄새 속에서도
나는 늘 새로운 봄의 문장을 꿈꾸었다.

수많은 인연들의 떨림을 품어
세상에 내보내던 나의 날들

그들의 눈빛을 보며
글자를 세우고, 이야기를 살리고,
그들의 마음을 한 줄의 빛으로 엮었다.

이삭빛 시인이 노래한
'이 모든 길이 너였어'라는
그 구절이 내 마음에 깊이 와 닿는다.
돌아보니, 내가 걸어온
모든 길의 끝마다
누군가의 꿈, 누군가의 노래가 있었다.

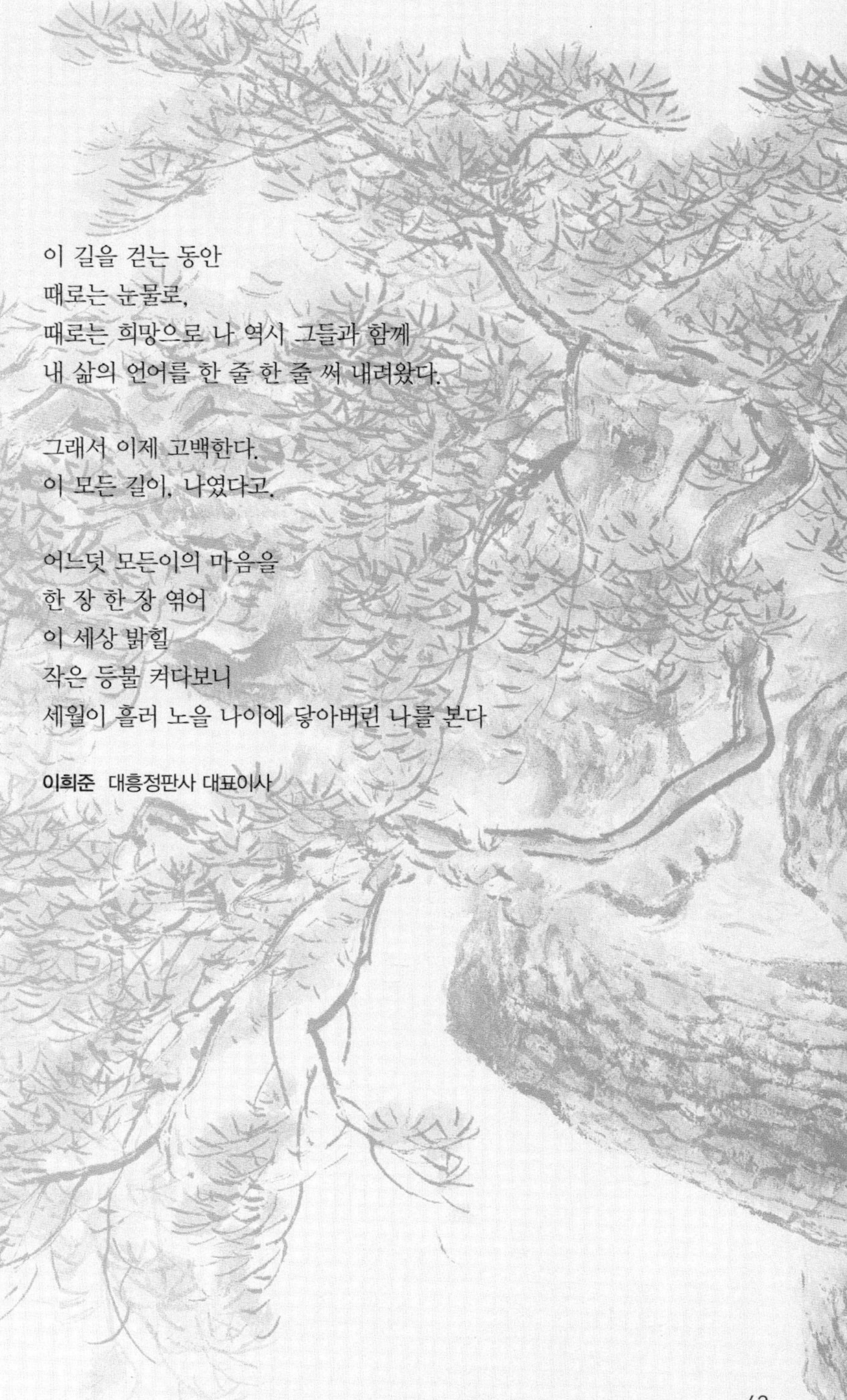

이 길을 걷는 동안
때로는 눈물로,
때로는 희망으로 나 역시 그들과 함께
내 삶의 언어를 한 줄 한 줄 써 내려왔다.

그래서 이제 고백한다.
이 모든 길이, 나였다고.

어느덧 모든이의 마음을
한 장 한 장 엮어
이 세상 밝힐
작은 등불 켜다보니
세월이 흘러 노을 나이에 닿아버린 나를 본다

이희준 대흥정판사 대표이사

네게 닿기 위해

바다가 너라면 나는,
조용히 다가가는 소금인형

네 숨결에 젖어드는 파도에
내 마음은 소금처럼 녹는다
조금씩, 조용히
내 모든 날들을 너에게 내어주면서
내가 있다는 건
너를 향해 녹아내리는 순간들의 총합

그래도 좋아,
나의 끝이 너를 닮아간다면
눈부시게 아픈 사랑이라 해도
그것이 너라면,
나는 기꺼이 소금이 될 거야

다시 녹아 사라져도

소금처럼 녹아가는 마음

군산의 바람은 언제나 내게 말을 걸었다.
'너는 여기서 살아가는 사람이다.'
나는 그 말에 고개를 끄덕이며, 고향의 골목을 걷고, 사람들의 손을
잡고, 작은 봉사의 씨앗을 심어왔다.

살아온 날들 속엔 실패도 있었고, 좌절도 있었지만
그 순간마다 나를 붙잡아준 건 시였다. 문학이었다.
그리고 오늘, 이삭빛의 시 「네게 닿기 위해」를 읽으며 나는 다시금
나를 돌아본다.

'바다가 너라면 나는, 조용히 다가가는 소금인형'
그 한 줄에 내 마음이 녹아내렸다. 내가 살아온 삶도 그랬다.
누군가의 아픔에 조용히 다가가 내 마음을 내어주고,
내 시간을 녹여내며 그들의 바다가 되어주고 싶었다.
내가 있다는 건 누군가를 향해 녹아내리는 순간들의 총합.
그 말이 내 삶을 설명해주는 듯했다. 군산의 바다처럼, 나는 누군가의
곁에서 소금처럼 녹아 사라져도 좋았다.

그래도 좋아.
나의 끝이 누군가의 웃음이 된다면, 눈부시게 아픈 사랑이라 해도
그것이 사람이라면, 고향이라면, 나는 기꺼이 소금이 될 것이다.

앞으로도 나는 꿈을 나누고, 사랑을 나누고,
시를 품은 마음으로 고향 사람들과 함께 살아가고 싶다.
이삭빛의 시처럼, 조용히, 그러나 깊게 닿는 사람이 되고 싶다.

윤효모 시인 국제금고사 대표이사, 한국그린문학회 운영위원장

가슴으로 만난 사람은 모두 꽃이다

먼저 내민 손보다 더 반가운 가슴으로 서로를 바라보면
별보다 고운 발걸음이 사람의 문 앞에서 사랑을 노크한다
인연이라는 만남으로 생의 시간을 차려 놓고
산보다 큰 상처를 키 작은 단풍으로 어루만지면
가을은 나뭇잎 사이로 흐르는 사랑의 눈빛보다 더 강렬하다

사랑하고 싶어서 청춘은 이슬의 시간을 천년으로 닦아내고
사랑받고 싶어서 시인은 황금빛 시를 가슴으로 쏟아 붓는다
사람은 누구나 만날 수 있지만
사랑은 가슴으로 만날 때 가장 숭고한 꽃이 된다

무소의 뿔처럼 혼자 가는 삶도 때로는 아름답지만
사랑의 계단을 밟는 우리는 다 함께 아픈 상처를 사막에서 건져내야 한다
그러기 위해서는 별처럼 지혜롭고 낙화처럼 떨어지는 햇살 앞에서도
한 송이 꽃으로 승화돼야 한다
가슴으로 만난 사람은 모두 가을처럼 깊고 붉은 한 송이 꽃이 된다

이삭빛 시낭송가. 현석시활동가 1호

가슴으로 피운 꽃, 나눔으로 맺은 인연

이삭빛 시인의 「가슴으로 만난 사람은 모두 꽃이다」를 읽으며,
제 마음속에 오래도록 품어온 삶의 철학이 조용히 피어났습니다.
성실하게 살아가는 것, 그리고 나눔을 실천하는 것은
단순한 도덕이 아니라, 사람을 꽃으로 피우는 일이라는 것을
이 시는 가르쳐줍니다.

김수환 추기경께서는 "세상에서 가장 어렵고 긴 여행은 머리에서
가슴으로 가는 여행입니다"라고 말씀하셨습니다.
이 말은 저에게 늘 삶의 나침반이 되어주었습니다.
머리로 이해하는 선행은 계산이 따르지만,
가슴으로 실천하는 나눔은 조건 없는 사랑입니다.
시인은 말합니다.
'가슴으로 만난 사람은 모두 꽃이다.'

이 구절은 제가 지역사회보장협의체 활동을 통해
만난 이웃들의 얼굴을 떠올리게 합니다.
추석을 맞아 취약계층에게 위문품을 전달하며,
저는 단순한 물품이 아닌
진심 어린 안부를 전하고 싶었습니다.
그 마음이 바로 가슴으로
피운 꽃이었고, 그 꽃은 서로의 삶을 따뜻하게 밝혀주는
등불이었습니다.

시 속에서 '산보다 큰 상처를 키 작은 단풍으로 어루만지면' 이라는
표현은, 우리가 나눔을 통해 누군가의 아픔을 조용히 감싸는 순간을
떠올리게 합니다. 작은 손길이 큰 위로가 되는 것,
그것이 바로 가슴으로 만난 사람의 힘이 아닐까요?

저는 믿습니다. 성실은 뿌리이고, 나눔은 꽃입니다.
우리가 서로를 가슴으로 바라볼 때,
그 만남은 계절을 넘어선 따뜻함으로 남는 다는 사실을 말입니다.
이희경이라는 이름으로,
앞으로도 이 아름다운 여행길을 걸어가겠습니다.
머리에서 가슴으로, 그리고
가슴에서 또 다른 가슴으로 이어지는 따뜻하고 의미있는 꽃길을.

이희경 신신건설 대표, 완주·전주상생발전 네트워크 이사

가을꽃으로 함께 피어나는 그대에게

「가슴으로 만난 사람은 모두 꽃이다」를 대할 때,
지나온 삶의 여러 순간과 순간들이 스쳐 지나간다.

'산보다 큰 상처를 키 작은 단풍으로 어루만지면'
고단하고 외로운 삶의 모퉁이에서 만났던
누군가의 작은 온기와 친절함에 위로받고 용기 냈었다.
수줍고 소박한 친절함 마다 따뜻한 사랑이 묻어 있었다.

'사람은 누구나 만날 수 있지만 사랑은
가슴으로 만날 때 가장 숭고한 꽃이 된다'

생의 수많은 만남과 헤어짐들, 스쳐 간 만남들마저
꽃으로 기억되는 만남들은 머리나 손이 아닌
가슴으로 만난 만남들 이었다.

있는 모습 그대로 바라보고 이해하고 기다려줄 때
그만의 고운 빛깔과 그녀만의 향긋한 향기를 발하는 그대만의
한 송이 꽃으로 어여삐 피어나곤 하였다.

'가슴으로 만난 사람은 모두 가을처럼 깊고
붉은 한 송이 꽃이 된다.'

그 붉은 한 송이 꽃이 나도 누군가의 따뜻한 심장이 되고 싶다.
함께 이 가을 꽃밭을 아름답게 수놓고 물들일 그가,
그녀가, 그대가 그리운 가을이다.

박진호 전 한양대학교 총동문회 부회장, 특임교수

붉은 잎이 떨어질 때

가을은 문을 두드리지 않는다
그저 어느 날,
햇살이 부드러워지고
바람이 등을 스치고 갈 때
우리는 알게 된다

가을 종이 울리면 슬픔은 사랑이 된다는 것을
여름의 열기도 아픔 속에서
서서히 익어가는 그리움이 된다는 것을

가을은 시작이면서 끝이다
무르익는 것과 사라지는 것이
같은 색으로 물드는 시간

붉은 잎 하나가 떨어질 때
우리는 지나온 사랑을 떠올리며
예기치 못한 이별의 무게를
시간의 가장 깊은 곳에 맡겨야 한다.

나는 그 문턱에 서서
내 안의 오래된 감정을 꺼내본다
잊은 줄 알았던 이름, 지나간 웃음,

아직도 남아 있는 떨림의 파동

그러나 계절은 아무 말도 하지 않는다
다만 보여준다
지금이 놓아야 할 때라는 것을

아픔은 사랑보다 진한 사랑의 언어이다
이제, 마지막 그대의 손을 놓는다

안녕

이삭빛 시인의 시에 나의 마음을 싣다

가을의 문턱에서
뒤돌아보면 계절마다 다른 빛으로
나를 비추던 시간들이 있었다.

가을은 문을 두드리지 않는다 했다.
늘 그렇듯, 변화는 들꽃 향기처럼
조용히 스며들어 풍경의 색을 바꾸고 마음의 결을 다듬는다.

햇살은 낮게 기울고, 바람은 손끝을 스친다.
그 사이에서 나는 무언가를 놓아주고,
또 다른 무언가를 품는다.

사라진 것은 없다.
모양을 달리해 남는 것들,
그 부드러운 잔영이 새털구름처럼 피어오른다.

가을은 끝이 아니라 다음의 빛깔을 준비하는 숨결이다.
익어가는 시간 속에서 오래 머물던 생각들을 내려놓는다.

바람은 흔적을 덮고,
하늘은 더 짙은 숨으로 번진다.
그 아래에서 나는, 다시 천천히 나아간다.
내 안의 계절을 따라...

한명규 JTV 전주방송 대표이사

♣ '우리가 사랑하는 것을 놓아야 할 때, 그 사랑은 비로소 우리를 품는다.' 헨리 누엔

향교의 가을.94x157cm 한지에 수묵담채.(전주)

담쟁이

가난한 하늘에
머리를 박고 두 손 모아 기도했지
반짝이는 푸른 별을 모아 한 땀, 한 땀
박아가며 스스로 천국을 만들어 가는 파란 손은
촘촘하게 하늘을 끌어당기며
길을 내었지

기댈 곳이라곤 벽이 아닌
떨어질 듯
아슬 한 허공
어릴 적 그는 이미 누군가의 강한 손에
잘려나간 적이 있었지
벽을 믿었던 탓에
허무하게 배신당해야만 했어
허리가 잘려나가도록 혹독한 아픔은
구부려 휘어지는 법을 알게 되고
거머쥔 손을 펴야하는 것을 알게 되었지

그 파랗고 여린 것이 별이 되어 떠오르면서
푸르도록 파란 하늘을 엮어낸
부활의 시간에 다다른 거지.

담쟁이의 길, 역경을 딛고 나아간다

가난한 하늘에 머리를 박고 두 손 모아 기도했던 날들,
푸른 별 하나 희망 하나 한 땀, 한 땀 박으며 길을 내던 시간.

나는 담쟁이처럼 살아왔다.
이삭빛 시인의 시구처럼 혹독한 아픔에 허리가 잘려나가도
구부려 휘어지는 법을 배우며 허공에 뿌리내리는
용기를 익혔다.

지금은 바퀴 위에 앉아 세상을 본다.
걷기는 불편하지만 삶의 정도를 걷는 마음은
한 번도 흔들린 적이 없다.

나의 길은 벽이 아닌 허공, 쉬운 이익이 아닌 정의와 공익,
그 길은 고독하지만
담쟁이의 손처럼 촘촘히 희망을 엮는다.

나는 도민과 함께 걸어왔다.
보이지 않는 손길로 봉사하며 가장 낮은 곳부터 희망을 심었다.

그 파랗고 여린 것이 별이 되어 떠오르듯
푸른 하늘을 엮어내는 부활의 시간으로 나아간다.

윤석정 전북일보 사장, 전북 애향 운동본부 총재

오목대에서

오동나무 속, 우주에서 솟구치는
이성계의 궁(弓)소리에
만천하가 다 귀 기울이는데

어이하여 그대만 백 년을 마다하는가?

정몽주의
돌아오지 않은 강은
가슴에 메인 한탄으로 쉴 새 없이 내달리고
남고산성 만경대에 울러 퍼지는 한숨소리
구름에 베인 상처로
하늘 아래 가득한데
고려를 향한 일편단심
어이하여 변하리.

달빛은 낮으로 돌아나지 못하고
영원한 밤 속에 파 묻혔네.

햇살은 낮 속에서 세월을 바꾸고
왜구를 물리친 자진모리
조선의 봄을 열었으리.

이삭빛의 「오목대에서」는 오목대를 역사적 기억의 중심으로 세워,
충절과 혁명의 긴장을 묻는다.
이성계의 활소리는 미래를 여는 결단의 파동이고,
정몽주의 강물은 돌아갈 수 없는 과거의 충정을 상징한다.
달빛과 햇살의 대비는 가치의 충돌이 아니라
시간의 교체라는 큰 흐름을 드러낸다.
독자는 '어이하여 그대만 백 년을 마다하는가?'라는 물음 앞에서,
각자의 '백 년'을 붙잡고 있는 것이 무엇인지 되돌아보게 된다.
또한 '어이하여 그대만 백 년을 마다하는가?'는
타자에 대한 훈계가 아니라 자기 자신에게 돌려야 하는 질문이다.
누군가는 충을,
누군가는 변혁을 선택하지만,
중요한 것은 그 선택이 타인의 밤을 존중하는 방식으로
이루어지는가이다.

엄범희 투데이안 대표

오목대

오목대는 해동 육룡이 나르샤 조선을 창업한 성지입니다.

고려 말 이성계 장군이 남원 운봉 황산에서 왜구를 물리치고 개경으로 돌아가는 길에 오목대에서 승전연을 연 곳이지요. 여기서 이성계 장군은 새 왕조 창업의 의지를 선언하는 백운봉가와 대풍가를 불렀습니다.

종사관 포은 정몽주는 이를 듣고 비분강개한 마음으로 남고산 만경대에 올라 망경대가를 남겼습니다.

이삭빛 시인의 시 '오목대에서' 유래를 이해하는 데 도움이 되는 마음으로 조선 창업과 고려 수성을 노래한 오목대 관련 시 3편을 소개합니다.

*조선 태조 이성계의 '등백운봉(登白雲峰) 백운봉에 올라'

引手攀蘿上碧峰(인수반라상벽봉) 댕댕이 넝쿨 휘어잡아 푸른 봉우리 오르니,
一庵高臥白雲中(일암고와 백운중) 한 암자 구름 속에 높이 누웠구나.
若將眼界為吾土(약장안계위오토) 눈앞에 보이는 지경이 모두 내 땅이 될 양이면,
楚越江南豈不容(초월 강남기불용) 저 초와 월나라 강남땅도 어이 마다 하리.

이성계 장군의 가슴에는 바이칼호에서 연원한 한민족의 기개를 떨칠 꿈이 가득 차 있었다. 고려의 낡은 기득권 체제를 뒤엎고 새로운 한민족의 신바람 나는 신시(神市)를 건설하려는 웅지이다.

무학대사의 자주적 학풍에 영향을 입은 것으로 조선의 독립성을 반영한 것이다. 이성계 장군은 무학대사와 함께 백운봉에 올라 한양의 풍수를 살피고 한양을 새 도읍지로 정한다. 이성계 장군은 중국 한나라를 세운 고조 유방의 대풍가를 부르며 영웅으로서 기개를 드러낸다. 고조 유방의 고향 풍패를 본따 전주를 풍패의 고향이라고 부르게 된다.

* 한 고조 유방의 대풍가(大風歌)'

大風起兮雲飛揚(대풍기혜운비양) 큰 바람 일어나니 구름이 날리는구나.
威加海內兮歸故鄉(위가해내혜귀고향) 내 위력이 전 국토에 더하여 고향으로 돌아오누나. 安得猛士兮守四方(안득맹사혜수사방) 어떻다. 용맹한 인물을 얻어 온 사방을 지키리라.

오목대의 여름날, 48x76cm 한지에 수묵담채. 2020.(전주)

이성계 장군이 연회 석상에서 역성혁명의 뜻을 비치자 종사관으로 그를 따라온 포은 정몽 주는 말을 달려 남고산성에 올라 '등전주망경대(登全州望京豪)'라는 시를 남긴다.
오목대에 서 창업과 수성의 역사적 대결을 보게 된다.

*고려 충신 포은 정몽주의 '등전주망경대(登全州望京豪)

千仞岡頭石徑橫(천인강두석경황) 천 길 낭떠러지 산등성이 위에 돌길이 비꼈는데 登臨使我不勝情(등림사아불승정) 올라 보니 나로 하여금 슬픈 마음 가눌 길이 없게 하네. 靑山隱約扶餘國(청산은약부여국) 청산은 남부여국의 부흥을 은밀히 약조하는데 黃葉繽紛百濟城(황엽빈분백제성) 노란 단풍 이파리만 백제성에 흩어져 날리노라.

九月高風愁客子(구월고풍수객자) 구월 높은 바람은 나그네를 시름겹게 하고 百年豪氣誤書生(백년호기오서생) 백 년 호기는 젊은 서생을 그르쳤네! 天涯日沒浮雲合(천애일몰부운합) 머나먼 타향에 석양은 뜬 구름 속에 빠져들고 無由望玉京(추창무유망옥경) 아, 슬프구나! 옥경을 바라볼 길 없으니!

이춘구 언론인, 전 KBS전주방송총국 보도국장

매미

한낮의 쨍한 햇살이
나무 끝에 앉아 졸고 있을 때
긴 울음으로 매미가 세상의 모든 고요를 깨운다

당신의 부재를 더 선명하게 만드는
소나기 같은 울음
나는 턱을 괴고
그 소리에 귀를 기울인다

그때마다 당신의 얼굴이 나뭇잎처럼 흔들리고

보고 싶은 마음은
목이 쉰 매미 소리가 되어
끝내 당신이라는 풍경으로 사라진다

나뭇가지 끝에 매달린 그림자처럼
나는 당신을 바라본다

긴 울음 끝에 오는 머나먼 당신의 언어
그 여름의 한가운데서
나는 홀로 당신을 읽고 있다

매미처럼 울어온 나의 길

한낮의 뜨거운 햇살 아래,
매미가 나무 끝에서 긴 울음을 터뜨린다.
그 소리는 단순한 여름의 배경이 아니라
삶의 온도를 일깨우는 숨결이다.

이삭빛 시인의 「매미」를 읽으며
나는 내 삶의 울음소리를 들었다.
호남 평야
너른 논과 밭,
그리고 식탁 위에서
나는 언제나 어떤 염원을
품고 있었다.

세상의 고요를 깨우던 매미처럼
나도 사람들의 마음 속에
작은 떨림 하나 남기고 싶었다.

전라도의 맛과 인심,
한식의 정신,
그 속에는 땀과 기다림의 노래가 있다.
나는 그 노래를
이어 부르고 싶었다.
막걸리의 풍미로,
김치의 깊은 숨으로,
사람과 사람을 잇는 마음으로.

매미는 짧은 생을
울음으로 완성한다.
나 역시 길고 짧은 세월 속에서
그 울음을 이어왔다.
그것은 명예가 아닌 책임이었고,
소리 없는 약속이었다.

이제 계절이 바뀌어도
내 안의 매미는 여전히 운다.
그 울음은 들끓는 소리가 아니라
세월의 결을 따라 번지는 공명이다.

누군가의 삶 한켠에서
그 울음이 작은 위로가 된다면,
그것으로 충분하다.

이 여름의 끝에서
나는 다시 나무 앞에 선다.
햇살 속에 빛나는 한 점 울음으로,
나의 길은 여전히 매미의 노래로 이어진다

김관수 한문화국제협회 이사장, 전라도 음식 이야기 대표, 음식평론가

나무를 사랑하는 사람을 사랑하라

나무를 사랑하는 사람을 사랑하라
나무를 사랑하는 사람은 8월을 사랑하는 사람이다.
만남을 소중히 여기는 사람이다.
행여 이별이 찾아와도 9월의 열매 앞에
당신을 기억할 사람이다.

겨울을 사랑하는 사람을 사랑하라
겨울을 사랑하는 사람은 3월을 사랑하는 사람이다.
아픔도 사랑의 노래라는 것을 아는 사람이다.
행여 익숙하지 못한 사랑으로
당신을 떠나보내는 일은 없을 것이다.

자유를 아는 사람을 사랑하라
자유를 아는 사람은 1월을 사랑하는 사람이다.
기다림을 아는 사람이다.
행여 당신이 방황할 때도
반짝이는 눈으로 등을 켜놓고 당신을 기다려줄 사람이다.

슬픔을 아는 사람을 사랑하라
슬픔을 아는 사람은 5월을 사랑하는 사람이다.
당신의 슬픔과 기쁨을 함께 해줄 사람이다.
행여 당신이 하늘 끝까지 올라가도

끌어내리지 않을 사람이다.
천사의 날개를 훔쳐서라도
당신을 믿음으로 감싸줄 사람이다.

밤하늘을 사랑하는 사람을 사랑하라
밤하늘을 사랑하는 사람은 13월을 사랑하는 사람이다
당신의 삶에 별이 되어줄 사람이다.
'후두둑' 사랑이라는 빗방울로
생명을 불어 넣어 줄 사람이다.

이 시인의 '나무를 사랑하는 사람을 사랑하라'라는 작품을 읽으며,
나는 교육자의 길을 다시금 마음에 새겼습니다.

나무는 뿌리를 내리고, 바람과 비를 견디며,
묵묵히 서서 그늘과 열매를 내어줍니다.
그 모습은 곧 교육자의 삶과 닮아 있습니다.

척박한 땅일수록 더 깊이 뿌리내려야 합니다.
학령인구 감소와 지역 소멸이라는 거센 바람 앞에서도,
지역이 나를 부르면 가장 먼저 그곳에 뿌리내리는
대학의 사명을 다하겠습니다.

지역과 대학이 하나 되어 살아 숨 쉬는 숲을 이루겠습니다.
나는 계절의 흐름 속에서 교육자의 길을 배웁니다.
8월의 햇살처럼 치열하게 소통하고,
9월의 열매처럼 풍성한 결실을 나누겠습니다.
겨울의 인내로 학생을 키우고,
3월의 새싹처럼 학생 한 명 한 명이 꿈을
펼칠 수 있도록 돕겠습니다.

그 새싹들이 자라 전북의 미래가 되고,
대한민국의 기둥이 될 때까지
묵묵히 곁을 지키는 든든한 거목이 되겠습니다.

또한 교육자는 청렴과 공정으로 공동체를 감싸 안아야 합니다.
5월의 꽃잎처럼 낮은 곳에서 피어나,
구성원의 어려움을 살피고 지역의 아픔을
어루만지겠습니다.

투명하고 공정한 거버넌스 위에서
서로를 신뢰하는 따뜻한 공동체를 만들겠습니다.
그리고 나는 밤하늘을 사랑하는 사람으로서,
13월의 별을 꿈꿉니다.

달력에는 없는 13월은,
한계를 넘어서는 도전이자
우리가 함께 만들어갈 새로운 미래입니다.

그 별은 아직 오지 않았지만,
우리가 함께 걸어갈 때 반드시 도래할 것입니다.
전북대학교가 쏘아 올린 혁신의 별이
우리 모두의 하늘을 밝히는 희망의 이정표가 되기를 소망합니다.
나는 오늘도 나무처럼,
묵묵히 그러나 단단히 서 있겠습니다.
그리고 당신의 꿈이 자라는 숲이 되겠습니다.

양오봉 제19대 전북대학교 총장, 제29대 한국대학교육협의회 회장

나는 네가 그리워 나무가 된단다

밤에는 나무가 별이 된단다
밤에는 숲이 무수한 별이 된단다
하늘은 네가 보고파 밤이 된단다
나는 네가 그리워 나무가 된단다

시·마음글

나는 네가 그리워 나무가 된다

고요한 새벽,
첫 숨을 대금에 불어 넣으면
나의 손끝에서
솔바람이 피어나
세상의 상처를 어루만진다.

인동초처럼
살아낸 세월,
얼어붙은 겨울에도
뜻을 꺾지 않고
역경을 품어 꽃이 되듯
나는 내 삶의 결을
대금에 실어 불어왔다.

밤이 찾아오면
나무는 별이 되고
그리움은 은빛 소리로 피어나
사람들의 마음에
작은 빛을 심는다.

내 대금의 선율은
그 별빛을 따라 조용히 흐른다.

하늘도 네가 보고파
밤이 된다지.
그 밤을 건너는 내 대금 소리는
선조의 깊은 노래에서
오늘의 아름다운 곡으로 이어진다.

그래서
나는 네가 그리워 나무가 되고,
그 나무는 다시 대금이 되며,
이 대금은 지친 이에게
사랑이 되어 세상과 마음을 잇는 다리가 된다.

김수곤 대금 명인, 무문공방 대표, 대금제작, 대금 연구소 소장

 김수곤 대금 명인

판운 섶다리의 추억. 48x96cm. 한지에 수묵담채

상사화

가지 마셔요
가지 마셔요

사랑이라는 슬픔에
기댈 수 없어요

가지 마셔요
몸은 가도 마음은 가지 마셔요

그대, 보내는 내 마음
그대는 몰라요

이 눈물이 산처럼 쌓여 별이 되어도
그대 사랑하는 맘 변할 수 없어요

가지 마셔요
가지 마셔요

사랑이라는 외로움에
기댈 수 없어요

가지 마셔요
몸은 가도 마음은 가지 마셔요

그댈 위해 온전히
그대가 되어
그리움처럼 꽃처럼 살아갈게요.

🖤 시·마음 글

그리움의 빛으로
— 이삭빛 시인의 〈상사화〉를 읽고

'가지 마세요.'
그 한마디가 내 마음 깊은 곳에서 울렸습니다.

사랑은 붙잡을 수도, 놓을 수도 없는 바람 같은 것이지요.

사랑하는 남편을 보내던 날,
그이가 즐겨 불던 색소폰을 영전에 두고 한없이 울던 그날이
지금도 마음에 또아리로 남아 있습니다.

버클리음대를 꿈꾸던 당신, '베토벤'이라 불리던 그 시절의 열정.
그 꿈은 끝내 이루어지지 못했지만
당신은 늘 음악으로 세상을 사랑했습니다.

교회 예배당에서 부활절, 크리스마스마다
색소폰을 불던 당신의 모습이 눈에 선합니다.
사람들은 당신의 연주에 눈물을 흘렸고,
당신은 그 박수 속에서 세상에서 가장 행복했지요.

그대가 떠난 뒤, 내 가슴에는 강물이 흘렀습니다.
그리움이 파도처럼 밀려와 내 마음의 언덕을 적셨습니다.

그대가 멀어질수록
그리움은 꽃이 되어 피어납니다. 몸은 떠나도
마음은 여전히 이 자리에 머물러
그대 이름을 부르고, 그대 숨결을 기다립니다.
이젠 내가 상사화입니다.
이별의 꽃이라 하지만, 나는 그 꽃으로 피어
이루어질 수 없는 사랑을 품습니다.

천 번을 지고 또다시 피어나며
당신께 닿으려 합니다.
피고 지고, 피고 지고, 영원히 피어나는 정열의 꽃처럼

이별이 사랑을 멈추게 하지 못하듯,
그리움도 나를 멈추게 하지 못합니다.
나는 오늘도 당신의 빛으로 살아갑니다.

꽃잎으로 그리움을 피워내는 화예명인으로서,
한글의 결마다 마음을 새기는 한글디자이너로서,
나는 글과 꽃으로 세상을 향기롭게 물들이며
당신께 닿을 때까지 사랑하겠습니다

서을지 시인 화예 명인, 국립 NwSSU대학 미술학 겸임 교수

여름날에 전동성당.70x42cm.한지에 수묵담채.2023

오월의 하루를 너와 함께

너와 함께

가슴에 등을 기댄 채
라이너 마리아 릴케처럼
오월을 바라보고 싶다.

손보다 먼저 내민 마음으로
내 심장의 거리에서 가까운
마이산의 꽃밭을 너와 함께 걷고 싶다.

오월의 하루를
온전히 너와 함께 할 수 있다면
마지막 남은 인생의 울림이
참 맑을 것 같다.

너를 사랑한다.
너를 사랑한다.

수십 번, 수만 번의 그리움이
눈물방울의 숫자보다
뜨겁게 꽃으로 피어나는 5월

단 하루 만이라도
너와 함께 할 수 있다면

오월, 너와 함께 걷는 길에서

오월의 햇살이 마이산 능선을 타고
내 마음 깊은 곳까지 스며든다.
진료실 창 너머로 바라보던 봄빛이
오늘은 너의 눈동자에 머물렀다.

삶의 고단함을 어루만지던 손길로
너의 어깨에 조용히 마음을 얹는다.
릴케의 시처럼, 고요한 열망으로
너와 함께 오월을 바라보고 싶다.

꽃보다 먼저 피어난 그리움이
마이산 꽃밭을 따라 흐르고
그 길 위에서 너와 나,
잠시라도 함께라면 충분하다.

수많은 환자의 눈물 속에서
나는 사랑의 의미를 배웠다.
그 따뜻한 울림이
너의 미소로 다시 살아난다.

너를 사랑한다는 말,
수천 번의 진심으로 전하고 싶다.
오월의 하루, 단 하루라도
너와 함께라면 내 삶은 맑다.

배철 배철신경정신과의원 원장, 이삭빛 얼굴없는 천사본부 초대 이사장

웃음꽃

평생을 마주보고 싶은 사람
죽을 때가지 지켜주고 싶은 사랑

시·마음 글

어느 날, 삶이 무너졌습니다.
참교육자로 백농상을 수상하고
아이들의 웃음속에서 행복했던 교육자의 삶 여정 중
교감으로서의
한걸음 한걸음을 내딛던 그때,
암이라는 이름의 그림자가 제게 다가왔습니다.
그 순간, 저는 두려웠고, 외로웠고,
무엇보다도 자신을 잃어버린 듯했습니다.

하지만 그 어둠 속에서 제 곁을 지켜준 사람들이 있었습니다.
아내와 가족, 그리고 여러분은 제 삶의 빛이었습니다.
제가 무너질 때마다 모두 조용히 제 손을 잡아주었고
말없이 제 곁을 지켜주었습니다.

여러분 사랑은 제 아픔을 감싸 안았고
미소는 제 눈물을 웃음으로 바꾸었습니다.

제가 암 투병 중 피하고 싶었던 그 시절에도
여러분은 제 안부를 물어주었고
조용히 응원의 말을 건네주었습니다.
그 따뜻한 마음들이 모여 제 삶에 다시 꽃을 피우게 했습니다.

그 꽃은 바로 이삭빛 시인의 시 속에 있었습니다.

'웃음꽃'이라는 짧은 시 속에서
저는 제 삶의 의미를 다시 찾았습니다.
죽을 때까지 마주보고 싶은 사람,
끝까지 지켜주고 싶은 사랑. 그 문장 하나하나가
여러분과 함께한 시간의 고백입니다.

이제 저는 다시 웃고 싶습니다.
그대들과 함께, 그대들이 피워준
웃음꽃 아래에서 다시 살아가고 싶습니다.
눈물이 아닌 웃음으로, 고통이 아닌 감사로,
그 모든 순간을 함께 나누고 싶습니다.

그대들이 있었기에 저는 다시 살아갈 수 있습니다.
이 편지를 통해 진심으로, 감사 마음 드립니다

홍종관 전 전북기계공고 교감

눈이 녹는 날, 너는 봄이었다

눈이 녹는 날, 너는 조용히 내 안에 피어났다.

한때는 차갑게 내려앉았던 너였지만 시간이 지나
너는 따뜻한 눈빛으로 내 마음을 적신다.
얼어붙은 기억 속에서도 너는 잊혀지지 않고
녹아내린 눈물 속에서 너는 꽃이 되었다.

나는 너를 잃었다고 생각했지만
너는 사라진 것이 아니라
내 안에서 계절을 바꾸고 있었다.

눈이 녹는 날, 너는 봄이었다.
그리움은 흙이 되고 기다림은 햇살이 되어
너는 다시 내 삶의 시작이 되었다.

너는 내게 겨울을 지나온 모든 이유였고,
다시 피어날 모든 날의 약속이 되었다.

「눈이 녹는 날, 너는 봄이었다」를 읽고

눈이 녹는 날,
내 안의 오래된 겨울도 천천히 풀렸다.
이삭빛 시인의 시는
내 마음의 얼음을 녹였다.
이 시는 단순히 계절의 노래가 아니라,
잃었던 온기를 되찾게 하는 따뜻한 손길이었다.

'그리움은 흙이 되고
기다림은 햇살이 되어'
그 구절을 읽는 순간, 나는 내 지난 삶을 떠올렸다.
삶의 고비마다 무너진 마음을 붙잡고
시와 예술, 그리고 사람들 속에서
봄을 기다렸던 시간들.
그 기다림이 결국 나를 다시 일으켜 세웠다.

나는 오랫동안
강단에서 글을 가르치고,
작업실에서는 한글의 모양으로 '집'과 '숲'과
'꿈'을 엮었다.
그 모든 작업의 바탕에는
늘 사람의 온기가 있었다.
그 온기가 내 예술의 흙이었고, 내 시의 숨결이었다.

이삭빛 시를 읽으며 느꼈다.
잃은 것을 노래하지만, 슬픔으로 끝내지 않는다.
그리움이 햇살로 변하고, 눈물이 꽃이 되는 길을 보여준다.

시는 삶이 다시 시작될 수 있음을 믿게 하는 시다.

나 또한 그런 믿음을 품고 살아왔다.
세상의 겨울을 지나며,
누군가의 마음에
작은 봄 한 송이를 피우는 일,
그것이 시인이 해야 할 일이라 여겨왔다.

3연 '녹아내린 눈물 속에서 너는 꽃이 피었다'는 표현은
이삭빛 시인의 서정적 치유의 시어를 잘 보여주는 시이다.
계절의 순환성을 섬세하게 드러내며
사랑은 상실이 아니라 또 다른 계절에서는
꽃으로 피어나는 희망을 노래하고 있다.
이삭빛 시인의 예술세계 바탕에는
그리움과 기다림의
온기의 숨결이 있다.

정승운 시인 필명 정상하, 계간 문학평론 회장, (주)청천테크 회장

솔의 기운.60x195cm.한지에 수묵.2023(남원)

당신 곁에 있고 싶습니다

당신의 눈동자 속에
나를 들이고
눈물로 고요히 다가서는
이유는
당신 곁에 있고 싶기 때문입니다.
이러한 나를
돌밭에 떨어뜨리지 마시고
오직
당신 곁에 있게 하옵소서.
당신 곁에 있고 싶습니다.
이러한 나를
당신의 푸른 초장에 누이 사
당신으로 하여금
빛나는 별처럼 꽃피우게 하소서,

당신의 눈동자 속에
나를 던지고
뜨거운 그리움 태우는 이유는
당신을 사모하고 있기 때문입니다.
당신을 사모합니다.

이러한 나를
길가에 버리지 마옵시고
오직
당신 곁에 있게 하옵소서,
당신 곁에 있고 싶습니다.
이러한 나를
당신의 쉴만한 물가로 인도하사
당신으로 하여금
향기 나는 꽃처럼 미소 짓게 하소서.

이삭빛 시인의「당신 곁에 있고 싶습니다」는
제 교육자의 마지막 장면을 조용히 감싸주는 시였습니다.
교육원장으로 정년을 맞이한 그날,
저는 이 시를 마음으로 읽었습니다.

당신의 눈동자 속에 나를 들이고 / 눈물로 고요히 다가서는 이유는
/ 당신 곁에 있고 싶기 때문입니다.//

교육은 곁에 머무는 일입니다. 학생의 눈동자 속에 나를 들이고,
그들의 아픔과 기쁨을 함께 느끼며, 조용히 다가서는 일.
저는 그 곁을 지키기 위해 성실했고, 창의로 길을 열었으며,
믿음으로 버텼습니다.
또한 하루 하루 감사하는 신앙인으로서,
이 시는 하나님께 드리는 기도처럼 다가옵니다.

'당신 곁에 있게 하옵소서'라는 고백은,
제가 평생 교육과 신앙의 길에서 붙들어온 중심이었습니다.
곁에 머문다는 것은 사랑이고, 책임이며, 축복입니다.
이제 저는 교육 현장에서 물러났지만, 새로운 삶의 터에서
새롭게 작지만 보람있는 발걸음을 나누고 있습니다.

향기나는 꽃처럼 미소를 품고

아, 지난 교육의 현장, 학생들의 마음, 그리고 하나님 곁에서
머물던 시간들. 그 모든 순간이 이 시처럼 고요하고
따뜻하게 남아 있습니다.

문병기 전 전북교육연수원 원장

봄의 왈츠

움 돋는 봄의 뿌리는
사랑으로 황홀하다

누가 3월을 가만히 있어도
가슴 뛴다 하였는가?

운명처럼 돋아나는
가슴 그리운 이가 있을 때
봄은 풀꽃 하나에도
심장으로 깨어난다

사랑 없인 봄은 볼 수 없다
봄 없인 그대를 사랑이라 부를 수 없다

🍂 시·마음글

이삭빛 시인님의 「봄의 왈츠」는 내 마음의 봄을 흔든다

그 시 속에는
바람의 숨결과
사랑의 고동이 함께 흐른다.

'봄의 뿌리는 사랑으로 황홀하다'는 구절은
마치 팬플룻의 첫 음처럼 부드럽고 투명하게 울린다.

그 한 줄 속에서
나는 봄의 향기와
사람의 따스함을
동시에 느낀다.

팬플룻은 바람으로 노래한다.
바람이 지나가야 소리가 나고, 숨이 머물러야 선율이 피어난다.
그것은 사랑과도 같다.
보이지 않지만 마음으로 느끼고,
가슴 깊은 곳에서만
들을 수 있는 소리다.

시인은 '운명처럼 돌아오는 가슴 그리운 이가 있을 때
봄은 풀꽃 하나에도 심장으로 깨어난다'고 했다.
그 말은 곧, 내가 연주하는 순간과 같다.

작은 음 하나에도
그리움이 스며 있고,
그 그리움이 모여 하나의 봄이 된다.

이 시를 읽는 동안
내 마음속 팬플룻이
저절로 울린다.

사랑 없는 봄은 볼 수 없듯,
숨 없는 음악은
존재할 수 없다.
시와 음악은 결국 하나의 사랑이다.

이삭빛 시인님의 봄은
나에게 연주의 이유를 새긴다.
봄이 찾아올 때마다
나는 다시 팬플룻을 들어
그의 시처럼, 사랑의 왈츠를 연주하고 싶다.
그 선율 속에서 나는 다시 살아난다.
봄처럼, 사랑처럼...

이철원 팬플룻(Panflute) 연주자, 우석대 명예교수

이철원교수의 팬플룻 연주

부초

도시의 빛나는 노래가 멈추고,
어둠이 쓰러지듯 그늘진 골목에 들어설 때
부초는 그 그늘진 그림자를 껴안는다.

땅에도 닿지 못하고
하늘에도 닿을 수 없는 부초는
보이지 않는 뿌리를 마음에 심는다.

그 누구도 거들떠 보지 않지만
부초는 포기하지 않고
자기만의 언어로 희망을 붙든다.

흔들리는 속도 속에서도
부초는 서로 기대어 작은 세상을 껴안고 버터 낸다.

바람도 외면하고
때로는 파도마저 온몸을 휘감지만
부초는 끝까지 견디며 푸른 생을 별처럼 살아낸다

불가능한 삶이라고 우리가 고개를 떨굴 때
부초는 마음의 뿌리를 움켜쥐고
또, 다시 서로를 기대어 하루를 해처럼 일으킨다

부초를 읽으며, 나를 다시 만나다

부초는 홀로 서기이다.
생의 집념을 악물고 버티는 저만의 몸짓이다.
그 몸짓에서 피워낸 별 같은 꽃이요, 시(詩)이다.

일찍부터 가족들과 떨어져 지낸 세월이 많았었다.
첩첩산중 두메산골에서 태어나고, 자란 나는
고등학교 입학과 동시에 홀로 자취를 하며 그 여정은 시작이 되었다.

언덕길 중간에 샘이 있다고 샘골이라고 부르던 동네.
그 동네에 있던 자취방으로 학교를 마치고
터벅터벅 걸어가던 오르막길.
책가방의 무게 만큼이나 외롭고 막막함도 무거웠다.
언덕 중간쯤에 있었던 샘, 그 샘가에 홀로 서 있던 향
나무 잎사귀를 가던 길 멈추어 한 번씩 손으로 쓰다듬을 때면,
석양빛은 향나무와 내 책가방을 함께 쓰다듬어 주었다.
연탄 아궁이 불로 양은냄비에 지은 밥을 먹고 나면,
방바닥에 문학전집 몇 권이 뒹굴고 있었다.

남들 보다 좀 빨리 시작한 직장생활,
퇴근을 하며 기숙사로 돌아가는 길.
공중전화 부스에서 동전 떨어지는 소리 만큼
고향집에 전화를 할 때면 서녘 하늘을 예쁘게 물들이며
내 어깨마저 토닥여 주었던 저녁노을.
월급의 10%는 서점에 가져다 주었다
싱겁고, 낙서 같은 습작물이 쌓이고 있었다

돌이켜 보면, 그때 어리고 푸르던 내 마음, 그만큼 여렸던 가슴,
또한 시를 향한 꿈을 끝까지 놓지 않고 버텼던
미련과 고집스러운 짝사랑이 진정 부초가 아니었을까?
온갖 무릅쓰며 생을 영위하는 부초,
그렇게 피워낸 별처럼 영롱한 꽃은 고결한 가슴의 자태일 것이다.

시골 장날을 한 바퀴 빙 둘러보고 나서 이미 알 듯한 풍김이 아닌,
먼 신작로를 오래 걸어와 처음 마주하는 설레임의 가슴으로
시를 짓고, 그 시가 독자들에게 위로와 용기가 생기는
작은 희망이나마 전할 수 있다면,
나는 이 길을 멈추지 않을 것이다.

홀로 서서 버텨온 긴 나날들을 더 사랑해야지.
언제나 부초처럼 마음의 중심을 두고 살아가야지.

우병기 시인 한강문학, 동양문인협회 부회장(홍보위원장), 한국그린문학,
          노벨시화협 문학그룹샘문 회원, 2025 APEC 기념 문학상 수상

부초의 마음으로, 제주에 뿌리내리다

천년 세월 이겨낸 비자림 숲길에
바람이 쉬어가고,
푸른 바다의 숨결이 내 영혼을 감싼다.

나는 바람 따라 제주로 흘러와
들바람 따뜻한 철없는 펜션에 마음을 심었다.

이삭빛 시인의 시어 마냥
도시의 불빛이 스러진 뒤,
인생 깊은 사연 품은 골목골목 같은
세월을 건너며
부초처럼 땅에도 닿지 못한 채
하늘만 바라보던 날들이 있었다.

교단에서
삼십 여년의 긴 세월,
끊임없는 탐구와 열정으로
아이들의 새로운 지평을 열고자 했다.

욕심보다 사람을 먼저 품으며
아이들의 눈빛 속에 내 청춘을 묻었다.

이제 나는 숲을 이야기하고,
외국 손님들에게 제주의 바람을 전한다.
아름다운 제주에서 오늘을 껴안는다.

바람이 등을 밀고,
파도가 가슴을 때려도
부초는 쓰러지지 않는다.
그는 생의 끝자락까지 벌처럼
자신의 꿀을 빚는다.

누구의 눈에도 띄지 않아도,
부초는 자기만의 언어로
희망을 불러 올린다.

불가능한 삶이라 세상이 말할 때,
나는 마음의 뿌리를 움켜쥐고
다시 서로의 어깨에 기대어
해처럼 하루를 일으킨다.

그리고 제주는 내게 속삭인다.
흔들려도 괜찮다고, 흘러도 사는 것이라고,
부초처럼 살아내는 것이 진짜 삶이라고.

고백석 제주비자림 철없는 펜션 대표, 숲 해설가, 펜션 운영 컨설턴트

천년 의암송.62x95cm 한지에 수묵담채2023.(장수)

아들을 위한 서시

아들아, 아들아
아들아, 아들아

삶을 꽃처럼 살아라
바람의 친구도 되어주고
봄의 싹으로도 돋아나
흙과도 하나 되는
세상에서 가장 존귀하되
가장 자유롭게 살아라

영혼이 맑아서
그 누구도 넘볼 수 없되
오직 사랑으로 뛰어나서
하늘보다 푸르고
태양보다 뜨거운
열정으로 살아라

이는 네 희망이 길을 안내해 줄 것이다
수십 번 넘어져도 넘어지지 않았던
첫 마음으로 일어서라

아들아, 아들아!
세상은 네 마음이 지배할 것이다
발밑에서 돋아나는 간절한 사랑으로 살아가라

이 시는 충남 보령시 시인의 성지 시와 숲길 공원에 '21년 명시로 선정되어 시비로 제작됐다.
이 성지에는 일제에 항거한 한용운, 윤동주 등 항일 시인을 모신 민족시인 추모분향단을 설치한
대한민국의 평화정신을 세계에 알리고 있는 시인의 성지로 알려져 있어 더 큰 의미를 지닌다.

정년 퇴임 후 몇년이 지났지만 지난 나의 교육자의 삶은
나의 희망 샘이다.

오늘 나는 산골시인
이삭빛 시인의「아들을 위한 서시」를 읽으며,
내 삶의 모든 순간이 이 시의 한 줄 한 줄과 맞닿아 있음을 느꼈다.

'삶을 꽃처럼 살아라'는 말은, 내가 평생 교육자로 살아오며
아이들에게 전하고자 했던 가장 본질적인 메시지였다.

진안 마령고에서
꿈을 잃고 방황하던 아이들에게,
나는 맞춤형 진로교육으로
봄의 싹을 틔우고자 했다.

흙과 하나 되어 살아가는 농촌의 아이들이 세상에서
가장 존귀한 존재임을 믿었고, 그 믿음으로 학교를 다시 일으켰다.

'가장 자유롭게 살아라'는 구절은, 내가 독실한 장로로서 지켜온
정직과 책임의 삶과도 닮아 있다.

자유는 진리를 따르는 용기에서 비롯된다는 것을,
나는 아이들에게 삶으로 보여주고 싶었다.

넘어지고 또 넘어져도, '첫 마음으로 일어서라'는 시인의 고백은
내 교육자의 길을 그대로 비추는 거울이다.
수많은 좌절 속에서도 아이들의 가능성을 믿고,
다시 일으켜 세우는 그 순간들이 나의 사명이었다.

이 시는 단지
아들에게 보내는 시가 아니다.
이 땅의 모든 아들·딸들에게
그리고 나 자신에게 보내는 마지막 기도다.

나는 이제 그 길의 끝에서,
아이들에게 희망의 길을 안내했던 한 사람으로 남고 싶다.

하늘보다 푸르고,
태양보다 뜨거운 열정으로 살아온 내 삶이,
이 시의 울림 속에
고스란히 담겨 있다.

이형희 전 진안마령고등학교 교장

🌱 시에게

네가 살아 있는 동안
사랑은 시간보다 길 것이다.
네가 내 곁을 떠나는 날
이 세상 모든 것은 멈출 것이다.

그러나
그댈 위해
언제나 봄으로 달려가리

💧 시·마음 글

이삭빛 시인의 「시에게」를 읽는 순간,
내 지난 세월이 조용히 눈앞에 떠올랐다.
돌아보면 내 삶은 언제나
짧은 시간 속에서 긴 사랑을 붙잡으려는 여정이었다.

초등학교를 막 졸업하던 해, 아버지의 사업이 무너졌다.
잘나가던 건설업이 한순간에 무너지고,
아버지는 갑자기 세상을 떠나셨다.
그때 나는 쌍둥이 형제와 함께, 세상의 한가운데 홀로 서 있었다.
학교를 다닐 형편이 되지 않아 책을 품고 독학으로 중학교, 고등학교,
그리고 대학을 마쳤다.
가난보다 더 무서웠던 건 외로움이었다.

그래도 나는 책 속에서 길을 찾았고,
배움은 나를 다시 일으켜 세웠다.

'네가 내 곁을 떠나는 날
이 세상 모든 것은 멈출 것이다.'
그 구절은 내게 아버지를 떠올리게 했다.
아버지가 떠난 뒤,
세상은 정말 잠시 멈춘 듯했다.
하지만 나는 멈출 수 없었다.
아버지가 일군 건설의 길을 이어, 나 또한 현장으로 나갔다.
그곳에서 나는 수많은 비바람을 맞으며,
쓰러지고 일어서기를 반복했다.
한때는 모든 것이 무너지는 듯했지만,
신뢰와 성실, 그 두 단어를 가슴에 새기며 다시 벽돌을 쌓아 올렸다.

이제 내 나이 예순다섯을 넘기고,
작은 건설 관련 회사 대표로 서 있는 지금,
나는 거울 속 내 얼굴을 자주 바라본다.
풍파를 견딘 얼굴이지만 이상하리만큼 평온하다.
그건 아마도 살아내온 시간들이
내 안에서 봄이 되었기 때문일 것이다.

시인은 마지막에 이렇게 썼다.
'그러나 그댈 위해 언제나 봄으로 달려가리.'
그 구절이 내 삶의 결론 같다.
나는 절망 속에서도 다시 길을 내며,
사랑과 믿음, 그리고 다시 일어서는 힘으로
나는 오늘도 내 마음의 봄을 향해 달려간다.

장병문 삼양산업개발 대표

섬진강 구담마을.74x219cm 한지에 수묵담채,2023(순창)

나는 그에게 날개를 달아주었다

나는 그를 처음 보았을 때,
늑대 같다고 느꼈다.
날선 침묵 속에 자신을 감추고,
무언가를 기다리며 들판 끝에 서 있던 그 남자
세상과 타협하지 않는 사람,
그러나 누구보다 자유를 꿈꾸던 사람
그는 나를 믿지 않았다.
아니, 어쩌면 나뿐만 아니라,
그 누구도 깊이 들이지 않았을 것이다.
그런 그를 나는 사랑했다.
그 침묵조차 사랑했고, 경계조차 애틋했다.

그래서 나는 날개를 달아주었다.
어쩌면, 그가 머물러주길 바랐던 걸지도 모른다.
하지만 사랑은 소유가 아니라고,
나는 그에게 무게가 아닌 바람을 주었다.
그는 처음엔 날아오르지 않았다.
잠시 내 곁에, 나의 품에 머물렀다.
그러다 어느 날, 바람을 타고 하늘로 올랐다.
내가 달아준 날개로

그때 나는 알았다.
날개란 돌아오기 위한 것이 아니라,
떠나기 위한 것이란 걸
자유는 그에게 축복이었고,
나에게는 침묵이었다.
그는 높이 떠올랐고,
나는 오래도록 그의 그림자 아래 서 있었다

지금 나는, 늑대를 기억한다.
그가 남긴 흔적은 바람 속에 있고,
마음 깊은 골짜기에 있다.
나는 그를 속박하지 않았지만,
자유 속에서 놓아주었다.
그건 사랑이었다.
가장 뜨거웠고,
가장 고요했던 내 생의 한 조각

자유를 향한 갈망,
그리고 올곧은 발자국

이삭빛 시인의 시는 단순한 연인 간의 서정을 초월하여,
'진정한 관계'와 '자유의 본질'에 대한 깊이 있는
철학적 성찰을 담아낸 고백인것 같습니다

시 속에서 세상과 타협하지 않고 오직 내면의 자유를 갈망하는
'늑대'의 모습은, 무역업이라는 치열한 전선에서 독립적인
자세를 지켜야 했던 나 또한 수많은 삶의 역경을 거치며 지향해 온
고독하고 독립적인 자세였습니다.

그 길이 얼마나 지난한지 알고 있기에, 이 시를 접하며
새삼 이 황혼의 나이에 더욱 새로운 마음가짐을 가다듬게 됩니다.

인생의 굽이치는 파도 속에서 헤아릴 수 없는 고통이 따랐습니다.
특히 암 수술이라는 큰 시련을 겪었으나 지금은 완쾌하여
새로운 삶을 얻은 기분입니다.

그 시련 이후, 문학이라는 숭고한 힘을 빌려 비로소
내 마음과 자세가 많이 느슨해지고 부드러워짐을 느낍니다.
이제는 시적 화자의 헌신적인 사랑처럼,
오직 자식과 후배들에게 올바른 발자국 하나라도 남기겠다는
간절한 염원을 안고 하루를 살아갑니다.

이러한 삶의 태도는 시의 핵심과 명징하게 연결됩니다.
시적 화자는 늑대의 경계와 침묵마저 뜨겁게 포용하며, 그를 소유하려
드는 집착의 무게 대신 온전히 날아오르라는 바람을 건넵니다.

이는 부모가 자식에게, 멘토가 제자에게 독립과 성숙을 위한
힘을 실어주듯, 사랑을 상대방의 자아실현을 돕는
고귀한 동력으로 승화시킨 것입니다.

하지만 이 헌신에는 뼈를 깎는 깨달음이 따릅니다.
그가 바람을 타고 창공으로 올랐을 때, 날개가 '돌아오기 위한 기약'이
아니라 '떠나기 위한 축복'이었음을 목격합니다.

진정한 사랑이란, 상대를 속박하지 않고 자유 속에서 놓아주는 용기
의 역설을 요구합니다.

늑대가 자유를 얻어 높이 떠오른 후, 화자에게 남겨진 것은
'오래도록 그의 그림자 아래 서 있는 침묵'입니다.

이 고요함은 헌신이 치러야 할 고독의 대가이지만,
동시에 세상 어떤 외침보다 뜨거웠던 사랑을 증명하는
유일한 흔적입니다.

결국, 누군가의 자유를 인정하는 것이
곧 나 자신의 가장 고귀한 자유를 발견하는 길이라는 깨달음을 품고,
이 모든 과정이 가장 고요하고도 뜨거웠던 내 인생의 사랑이었음을
되새기며 삶의 마지막 발자국을 신중히 내딛고자 합니다.

같은 시인의 마음으로 이 숭고한 고백을 읽을 수 있다는 것,
그 자체로 큰 행복입니다.
이삭빛 시인님 고맙습니다.

모상철 시인 우리 함께 가는 길 상임 대표, 문예춘추 수석부회장

아버지

어둠을 껴안은 나뭇잎은
뿌리가 깊게 내리도록
밤하늘에 별이 되었지

이글거리는 태양과
혹독한 겨울밤도 마다하지 않고
인생의 마지막,
떨어지는 순간까지도
나뭇잎은 희망의 찬가를 빛처럼 쏟아냈지

고통의 짐이 크면 클수록
뿌리보다 더 아래로 몸을 낮춘
거룩한 잎새

처절한 땅속 그 끝트머리에서조차
교육의 선구자로 몸 바친
큰 스승이시여!

★詩포인트
나뭇잎 같은 헌신으로 사랑을 베풀고 가신 참 교육자!
특별히 무한한 제자사랑과 교육의 대한 열정으로 동백장 훈장을 수훈하셨고, 영원히 지지 않은
별로서 우리들 가슴에 사랑으로 타오르신 이시대의 진정한 교육의 아버지이시다.

※이 시는 평생을 교육에 헌신해 오시고, 5남매에 대한 자식 사랑에도 남달랐던
　노상근 교장 선생님의 부친께 바치는 시이다.

호수의 도시 군산에
서해의 바람 거세게 불어와 마음 젖을 때,
다가오는 새 시대
AI 물결 속에
두려움이 파도쳐도,
우리, 진정한 '스승'의 이름으로 다시 서리니,
아이들 밝은 미래,
그 희망의 돛을 힘껏 펼치리.

물결처럼 부드럽게 스며드는 이삭빛 시인의 「아버지」는
시골에서 자라, 교단을 향한 꿈 하나로 달려온 나.
이제는
군산의 한 중학교에서 교장으로,
아이들과 선생님,
학부모 사이를 잇는 다리가 되어 있는 나에게
깊은 성찰의 시간을 준다.

이 시를 읽을 때마다,
나는 한 그루 나무가 된다.
혹독한 계절을 견디며,
뿌리보다 더 깊이
몸을 낮춘 잎새처럼
아이들의 눈높이에 맞추려 애쓰는 나 자신을 본다.

이 시에는
아이들의 웃음소리,
선생님들의 고단한 숨결,
그리고 내가 지켜야 할 교육의 향기가 실려 있다.

척박한 시대에도,
나는 바람을 품은 나뭇잎처럼
끝까지 흔들리지 않는 뿌리를 지키고 싶다.

그리고 언젠가,
내가 흘린 땀방울이
아이들의 별이 되기를 바란다.

이명희 군산동원중학교 교장

집

이제는 무조건 내 편인 사람을 만나고 싶다
자로 재듯 따지는 합리적인 사람보다
원래 가슴이 따뜻해서
만날수록 더워지는 사람을 만나고 싶다

잘난 사람보다 진실한 사람을 만나고 싶다
너무 똑똑해 충고를 잘하는 사람보다
마음을 먼저 다독여주는
촉촉한 사람을 만나고 싶다

일등이 아니어도 최고로 살아가는 사람
바다를 다 가진 사람보다
강물 한 줄기로 흐르는
풍경 같은 사람을 만나고 싶다

삶의 테두리에 매여
독선적인 양심으로 우뚝 선 사람보다
풀꽃 같은 눈물 한 방울에도 귀 기울이는
따뜻한 사람을 만나고 싶다
어느 곳에서든 온전히 내 편인 사람
나도 그런 사람이 되고 싶다

다 가지지 않았어도
세상에서 가장 아름다운 비밀을 간직한 사람
민들레 홀씨처럼 사랑으로 뛰어나서
어느 곳에서든 꽃이 되게 하는 사람
나도 그런 사람이 되고 싶다

맘 놓고 흉을 봐도
맘 놓고 상처를 드러내도
네 편으로 나를 일으켜 세우는 사람
든든한 산처럼 만날수록 흔들림 없는 사람
이제는 나도 유일한 네 편이 되고 싶다.

만추(晩秋)를 덮는
푸른 내장 호숫가에,
내 영혼도 그 빛깔로 물들어간다.
고향의 속삭임은 아직도
내 삶의 굽이를 돌아 부른다.
낯선 도시 서울 불빛 아래서도
나는 늘 돌아갈 곳을 새긴다.

이삭빛 시인님의 『집』은 단순한 공간을 넘어선,
잊혀진 마음의 풍경을 다시 불러오는 마법 같은 은유입니다.
시 속 '집'은 벽과 지붕의 견고함이 아니라,
그리움과 추억이 켜켜이 쌓인
시간의 숨결입니다.

나의 삶은 비록 거친 들판을
헤쳐 왔지만, 그 속에서도 고향은
늘 나를 일으켜 세우는 따뜻한 목소리였습니다.
너른 들판의 포근함, 단풍 든 내장산의 넉넉함,
그리고 그곳에서 빛났던
나의 어린 시절이 이삭빛 시인님의 시 속 '집'의
아늑함과 포개어집니다.

나는 시간을 거슬러 그 집 문간에 서 있는 듯합니다.
문을 열면 어머니의 정겨운 찌개 냄새,
아버지의 묵직한 한숨 소리,
그리고 나만을 위한 고요한 동학 혁명의 땅
저녁이 나를 감싸 안습니다.

이삭빛 시인님의 시는
나에게 '집'이란 결코 사라지지 않는 곳,
마음속에 영원히 살아 숨 쉬는 장소임을 깊이 일깨워줍니다.

이는 내 삶의 빈 공간을 채워주는 가장 따뜻한 위로이며,
다시 걸어갈 힘을 주는 숨결입니다.
그래서 오늘도 나는,
고향의 빛을 따라 내 마음의 발길을 돌이킵니다.

고광석 전 **교보생명** 이사

사랑이 머무는 집

이제는 무조건 내 편이 되어 주는
작은 생명 하나가 태어났습니다.
딸아이가 태어난 지 얼마 안 된 지금
나는 세상에서 가장 부드러운 법을 배웁니다

서울을 떠나 전주로 내려온 이유는
가정에 대한 깊은 사랑 때문입니다
사랑하는 아내의 고향에서
가장 따뜻한 집을 짓고 싶었습니다

법정에선 논리로 말하지만
집에서는 따뜻한 눈빛으로 대화합니다
딸의 울음에 귀 기울이고
아내의 미소에 미소로 화답하며
나는 오늘도 소소한 행복 기차에 탑승 중입니다

더불어 나누며 겸허한 마음으로
신실하게 살아가는 사람 그런 사람이 되고 싶습니다
이삭빛 시인님의 시어대로 풀꽃 같은 눈물에도
귀 기울일 줄 아는 따뜻한 아빠, 남편이 되고 싶습니다

흔들림 없는 산처럼 든든한 집이 되어
사랑을 품고 살아가고 싶습니다
오늘 아침 햇살이 출근하는 제 마음을
먼저 알아보고 웃음 선물 줍니다.

김창인 국민연금관리공단 변호사

시선

햇살만 따라 걷다가
그늘 아래 핀 키 작은 친구들을 오래도록 놓쳤다.

바람이 멈춘 날,
낮게 엎드린 풀잎 하나가 내게 인사를 건넨다.
나는 그제야
고개를 숙이는 법을 배운다.

오르막엔 보이지 않던 것들이
내려가는 길목에서 말없이 피어 있다.

그 꽃은 나를 기다린 게 아니라
늘 거기 있었던 것이다.

나는 보지 못한 것이 아니라
보려 하지 않았던 것이다.

낯은 곳에서 발견한 존재의 창(窓)

40여 년 교육자로서
햇살만 따라 거닐던 날들이 있었습니다.
빛나는 성취를 향해 앞만 보고 달리던 순간들.

어느 날, 바람이 멈춘 순간
풀잎 하나가 조용히 인사를 건넸습니다.
그제야 알았습니다.
진정으로 응시해야 할 것들은 그늘 아래 피어 있음을.

이삭빛 시인의 「시선」은
속도와 목표에 가려 놓쳐온 존재들의 숨결을
낮은 시선으로 다시 바라보게 합니다.

그 꽃은 나를 기다린 게 아니라
늘 거기 있었던 것.
내가 보지 못한 것이 아니라, 보려 하지 않았던 것.

나는 아이들의 눈빛 속에서
말 없는 꽃들이 피어나는 것을 보았습니다.
존중과 기다림, 겸허한 마음으로 고개를 숙일 때
비로소 들려오는 속삭임들.

인생 2막에서 한궁을 통해 건강을 나누고
사진과 수필로 삶을 기록하면서
나는 또다시 풀잎 하나의 인사를 받았습니다.
그들은 늘 거기 있었고, 내 시선이 닿기를 기다린 것이 아니라
그저 온전하게 존재하고 있었던 것입니다.

「시선」은 말합니다.
소중한 깨달음은 오르막이 아닌 내려가는 길목에서 얻게 된다고.
이 말은, 내 삶에서 깊이 관조해야 할 교훈입니다.

기동환 전주시 한궁협회 회장, 전 전북교육연수원장

훈몽제와 순창아재..21x31cm.한지에 수묵담채.2023(순창)

눈물(어머니)

신이 가장 힘든 시간에 별이 뜬다
신이 가장 슬픈 시간에 별이 뜬다

네게 가는 길은 별을 마주보는 일이다.

시·마음 글

장수(長水)는 나의 삶의 단단한 뿌리이며,
논개(論介)의 숭고한 충절이 살아 숨 쉬는 땅이다.
진주 남강에 몸을 던진 그녀의 의로운 희생은,
나의 삶의 험난한 고난 앞에서도
결코 꺾이지 않는 강인한 힘이 되어주었다.

이러한 고향의 산하(山河),
사람들의 정과 눈물을 고스란히 품고 노래하는 시인이
바로 이삭빛 시인이 아닐런지 생각해 본다.

특별히 시인의 시 '눈물 어머니'를 읽을 때면,
나의 어머니의 따뜻하고도
떨리던 목소리가 귓가에 선연히 되살아난다.

사업의 길은 굽이치고 험난하여,
수없이 넘어지고 좌절하기를 수없이 했다.

하지만 그때마다 나를 붙잡아 일으킨 것은
바로 어머니의 말씀이었다.
'괜찮다, 다시 시작하면 된다.'
그 말씀은 마치 논개의 굳건한 기개처럼 나의 마음에 깊이 새겨져,
쓰러질 때마다 다시 일어서는 원천이 되었다.

이삭빛 시인의 시는 바로 그러한 어머니의 사랑을
어둠 속에서도 하나, 둘, 별을 세게 하는
희망의 다리를 만들어 내는 것 같다.

같은 장수의 산골에서 태어난 이삭빛 시인의 시어들은,
나의 모진 삶의 굽이굽이 달린 고통을 열매 맺기까지의 여정을
따뜻하게 되돌아 보게 한다.

오늘도 나는 그 시의 발자국을 따라,
사랑하는 고향을 걷고 그리운 어머니를 마음속에 안으며,
다시 희망찬 발걸음을 내딛는다.

이경춘 건축사업가, 전 서부지역발전협의회 회장

웃음에게

네 목소리는 별똥별이야
깜깜한 밤을 환하게 가로질러
내 마음에 반짝, 흔적을 남겨

눈 깜짝할 사이 우리의 시간은
사탕처럼 달콤하게 녹아내려

나는 이유를 묻지 않아
계산도, 조건도 없어
그냥 네가 좋아
그게 전부야

별처럼 너는 내 하늘에 떠 있고
나는 오늘도 너를 바라보다가
작은 소망 하나를 또 걸어

'웃음에게' 서 배운 삶의 빛

이삭빛 시인의 시 「웃음에게」를 읽는 순간,
내 마음 한켠이 환해졌다.
'네 목소리는 별똥별이야'라는 첫 구절이,
내 인생의 수많은 밤들을 스쳐 지나가는
별빛처럼 다가왔다.

나는 세 딸의 아버지로, 그리고 한 사람의 사업가로 살아오며
수많은 별똥별 같은 순간을 보았다.
때로는 짧고 강렬하게 빛났다 사라졌고,
때로는 그 잔영이 오래 남아 내 길을 밝혀주었다.

사업을 하며 가장 소중히 여긴 것은 '신뢰'였다.
부안 백산의 땅, 동학의 정신을 품은 그곳에서 자라며 배운 것은
사람과 사람 사이의 믿음이야말로
세상을 움직이는 힘이라는 사실이었다.
그래서 나는 언제나 고객 감동이라는 원칙을 붙잡았다.
이익보다 마음을, 효율보다 진심을 선택하는 일.
그것이 내가 걸어온 길의 뿌리였다.

이 시에서 '나는 이유를 묻지 않아 / 계산도, 조건도 없어 /
그냥 네가 좋아 / 그게 전부야'라는 구절은 내 삶의 방식과 닮아있다.
내가 하는 일, 내가 사랑하는 사람들, 내가 품은 신념,
그 모든 것에는 복잡한 이유가 없다.
그저 좋아서, 옳다고 믿어서, 그것이 전부였다.

밤이 깊어갈수록 나는 별을 본다.
'별처럼 너는 내 하늘에 떠 있고 / 나는 오늘도 너를 바라보다가 /

작은 소망 하나를 또 걸어'
이 구절처럼, 나는 오늘도 세 딸의 웃음과 아내의 미소를
별삼아 하루를 버틴다.
가끔은 주방에 서서 가족을 위한 요리를 하며
그 웃음을 다시 내 삶의 불빛으로 받아 적는다.

삶이란 결국 계산으로 움직이는 것이 아니라,
사랑과 신념으로 녹아내리는 긴 여정이 아닐까.
그 시간의 흔적이 내 인생의 별똥별로 남아,
오늘도 나를 환하게 비추겠지.

김혁용 더 K 타이어 대표

천만송이 꽃이 되는 사람

그리움이 차오르면
스스로 별이 되는 사람,
스스로 사랑이 되는 사람이 있다
잊으려하면 할수록
가슴이 흠뻑 젖는 사랑
하늘에서 땅 끝까지
심장 안에 덜컹 들어앉은 사람이 있다.

나무처럼 가슴에 뿌리를 내리고
아프면 아플수록
꽃을 피워내는 천만송이 꽃이 되는 사람이 있다.

평생 물처럼 흐르던 교육자의 길 위에서
나는 수많은 꽃을 피워냈다.

그 꽃은 제자였고, 동료 선생님이었고,
무엇보다 나와 함께 교육의 멋진 외길을 걸어준 아내였다.

나는 이삭빛 시인의「천만송이 꽃이 되는 사람」을 읽을 때마다
가슴이 덜컥 내려앉는다.
특히 그리움이 차오르면 별이 된다는 그 구절이
멀리 네덜란드에 있는 외동딸과 사위를 떠올리게 한다.

딸의 웃음소리, 풍차의 나라 출신 사위의 따뜻한 인사,
그 모든 것이 내 심장 안에 깊이 들어앉아 있다.
보고 싶다는 말로는 부족한 그리움,
그리움이 넘칠 때마다 나는 이 시를 꺼내 읽는다.
그리고 스스로 꽃이 되려 한다.

이 시는 단순한 시가 아니다.
내 삶의 거울이고,
내 그리움의 등불이며,
내 사랑의 증언이다.

나는 퇴직 후 아내와 함께 세계를 여행하며
딸을 향한 그리움을 품고,
천만송이 꽃이 되는 길을 걷는다.

문병원 호남오페라단 운영이사, 인문학 여행가, 전 상업정보고 교장

너와 나를 위한 서시

꽃피는 소리에 귀 기울이게 하소서
핀 꽃을 아름답게 여기듯
우리의 사랑도 향기 나게 하소서

그리고
어둠 속에서 발버둥 치는 뿌리의 귀한 마음을
감사한 눈빛으로 바라보게 하소서

너와 내가 모든 이의 가치를
꽃의 언어로 지켜나가되
갈등의 고리마저
오늘과 내일의 희망의 종소리로 여기게 하시며,
참된 사람들의 초라한 눈빛도
별처럼 가슴에 품게 하소서

고통 속에서도 날마다 새롭게 날갯짓하는 뿌리를
가장 낮은 자세로 섬기게 하시고
우리의 존재를
꽃의 마음으로 감추어
밤하늘의 별처럼 높은 마음으로 살아가되
세상의 가장 작은 자의 반짝이는 친구가 되게 하소서

★詩포인트
  아무리 힘들고 어려워도 밑 빠진 독에 사랑을 부어라 보이지 않은 희망은 콩나물처럼 자란다
  −이식빛−

꽃의 마음으로 피어나는 도산 안창호 선생님 정신

이삭빛의 「너와 나를 위한 서시」는 꽃이 피는 소리를 들으려는 마음에서 시작된다. 그 섬세한 감각은 도산 안창호 선생님의 정신과 깊이 닿아 있다. 꽃처럼 향기로운 사랑, 뿌리의 고통을 감사하게 바라보는 눈빛, 그리고 갈등마저 희망으로 품으려는 자세는 모두 도산의 삶에서 배운 리더십의 본질이다.

나는 도산 안창호 선생께서 설립한 흥사단의 단우로서, 그분의 정신 정직과 통합 정신을 오늘의 삶 속에 실천하고자 노력하여 왔다. 도산 선생님은 세상의 모든 산물은 힘의 결과라 하였으며 지식과 물질의 힘과 더불어 도덕의 힘을 강조하셨다. 또한 힘을 기르되, 그것을 자신만을 위해 쓰지 않는 대공 주의를 주창하셨다. 그는 늘 공동체를 위한 진실된 행동을 강조했고, 시인은 그 뜻을 '가장 낮은 자세로 섬기게 하소서'라는 구절로 되새긴다.

나의 고향 광주는 민주화의 성지이자, 사람의 가치를 꽃처럼 지켜내려는 마음의 뿌리다. 시 속 '참된 사람들의 초라한 눈빛도 별처럼 가슴에 품게 하소서' 라는 말은 광주의 정신과도 닮아있다. 낮은 곳에서 빛나는 사람들, 그들의 눈빛을 별처럼 품는 삶이야말로 진정한 리더의 길이 아닐까?

이 시는 단순한 기도가 아니라, 도산의 철학과 광주의 정신이 어우러진 삶의 선언이다. 꽃의 마음으로 세상을 품고, 별의 뜻으로 사람을 섬기며, 갈등 속에서도 희망을 피워내는 길. 그 길 위에서 너와 나, 그리고 우리 모두가 함께 걸어가기를 바란다.

유봉환 도산아카데미 및 흥사단 감사, 대주회계법인 공인 회계사, 세무사

나는 네가 그리워 나무가 된단다

밤에는 나무가 별이 된단다
밤에는 숲이 무수한 별이 된단다
하늘은 네가 보고파 밤이 된단다
나는 네가 그리워 나무가 된단다

법정의 언어를 내려놓고, 마음의 울림을 듣는다.

지금까지 주어진 길을 사랑하며 걸어왔던 세월.
교단이 남긴 가르침을 이제 이웃의 삶 속에
조용히 녹여낸다.

보다 겸허함으로
이삭빛의 시 '나는 네가 그리워 나무가 된단다'를 읽는다.

이삭빛 시인의 시 마음은 지난 나의 고단한 삶에
위로와 새 힘을 준다.

내 삶을 다시 돌아보면
한 줄 한 줄 지나온 숨결에 감사의 물결이 넘치고

이제는 오랜 친구와의 담소, 운동으로의 숨 고르기로
하루 하루를 연다

내 삶이 그리움으로 넘쳐
누군가의 키 큰 나무로 남고 싶은
소망을 가져본다.

김 송 변호사, 전 전남대 로스쿨 교수

너와 나

한여름 하얀 눈이 펑펑 내린다
사랑한다는 것은 홀로 눈을 맞는 일이다

시린 세상을 가장 약한 발걸음으로
한 걸음 더 걸어가는 것이다.

백석은 자야를 사랑하고 눈(雪)이 되었고
자야는 백석을 사랑하고 시(詩)가 되었다.

아픈 사랑은 그리움이 천 년보다 길다

이삭빛 시인의 '너와 나'는 단순한 시의 경계를 넘어섭니다.
법률가의 이성, 문학인의 감성,
그리고 국토 수호자의 의지가 하나로 아우러진,
대마도 반환과 통일이라는 우리 민족의 영원한 숙원을 담은
민족적 헌시(獻詩)라 깊이 사유(思惟)해 봅니다.

'아픈 사랑은 그리움이 천 년보다 길다.'
이 구절을 마주할 때마다, 분단된 조국과 잃어버린 대마도에 대한
우리 민족의 가슴 시린 천 년보다
긴 그리움이 노래처럼 울려 퍼져 마음이 절여옵니다.
저는 이 아픈 그리움을 가슴 깊이 품고,
대마도 찾기 운동을 통해 끊어진 국토의 맥을 기어이 이어,
마침내 통일 조국이라는 민족의 가장 깊은 소망을 현실로
빚어내고자 합니다.

'시린 세상을 가장 약한 발걸음으로 한 걸음 더 걸어가는 것이다.'
법률가이자 행동가로서, 저는 국토 분단과 영토 주권 회복이라는
냉혹한 시대의 강물을 거슬러 올라왔습니다.
대마도 반환 운동의 발걸음이 아무리 미약하고 외로울지라도,
저는 정의와 국토에 대한 뜨거운 애정을 실현하기 위해
이 전진의 노래를 결코 멈출 수 없습니다.

'사랑한다는 것은 홀로 눈을 맞는 일이다.'
이 헌신의 길은 세상의 무관심 속에서 '홀로 눈을 맞는'
겨울의 운명처럼 고독할 수밖에 없다는 것을 잘 알고 있습니다.

그러나 저는 이 고독한 헌신이야말로
훗날 통일과 대마도 회복이라는, 우리 민족에게 가장 감동적이고
위대한 희망의 서사시가 되어 울려 퍼질 것을 굳게 믿습니다.

'꿈을 꾸는 자만이 역사를 바꿀 수 있다'는 확고한 믿음 아래,
저는 오직 온전한 조국을 향한 뜨거운 소망을 품고
희망의 씨앗을 조용히, 그러나 끈질기게 뿌리겠습니다.
그리고 머지않은 어느 봄날,
이 외로운 눈보라가 걷히고,
우리는 통일된 조국의 따스한 햇살 아래에서
비로소 영원히 하나가 되어 다시 만날 것을 믿습니다.

가장 약한 발걸음일지라도 저는 이 숭고한 전진을
결코 멈추지 않을 것입니다.

이형구 시인 전북시인협회 9대 회장, 대마도 반환운동본부 의장

나의 지평선, 천년의 그리움
이삭빛 시인의 「너와 나」는 나의 삶을 조용히 껴안는 시다.
'한여름 하얀 눈이 펑펑 내린다
사랑한다는 것은 홀로 눈을 맞는 일이다'

이 구절은 김제 지평선 마을에서 평생 양곡 창고를 지켜온
나의 고독한 사랑의 무게를 고스란히 비춘다.

나는 곡식의 숨결을 품으며,
수분지족(守分知足)의 마음으로 살아왔다.
세상의 시린 바람 속에서도 가장 약한 발걸음 하나를 멈추지 않고
묵묵히 한 걸음을 더 내딛는 것, 그것이 나의 시(詩)였다.

백석이 사랑으로 눈이 되었고,
자야가 그리움으로 시를 엮었듯이,
나는 이웃과 나눈 따뜻한 일상과 맑은 마음 창고에 쌓아둔 글들로
지평선 너머의 사랑을 노래한다.

이삭빛 시는 말한다.
'아픈 사랑은 그리움이 천 년보다 길다.'
나의 삶도 그러했다.
아픈 사랑은 곡식처럼 익어가고, 나눔은 들녘처럼 넉넉해졌다.

그리움은 계절을 넘어, 시간의 강을 건너,
이 땅 위에 영원히 남을 시의 향기가 되었다.

박종동 수필가, 양곡창고 사업 운영

허물벗기

꽃을 꺾지 않고 바라보는 일, 그것이 사랑이다.
피어나는 순간을 함께 숨 쉬며 시들어갈 때조차
그 향기를 기억하는 마음이다.

그대가 머물기를 바라면서도
떠나는 길에 햇살을 깔아주는 마음,
그대의 발끝이 머뭇거릴까
바람을 조용히 달래는 손길,
그 손끝에 남은 온기마저 그대를 위한 것이다.

너를 사랑하는 일은
너를 보내는 일이다.
붙잡지 않음으로써
더 깊이 품는 일,
내 안의 빈자리에 너의 온기를 남기는 일.

그리움은 손에 쥐어지지 않기에
나는 너를 향한 마음을 하늘에 띄운다.
바람이 그대를 데려가도 나는 그 바람을 미워하지 않으리.

사랑은 머무름이 아니라
기억 속에 피어나는 꽃,
그 꽃을 꺾지 않고 매일 바라보는 일
그것만이 내가 너를 사랑하는 일이다

이삭빛 시인의 시「허물벗기」를 읽고

꽃을 꺾지 않고 바라보는 일,
그것이 사랑이라 한 시인의 마음은
오랜 세월 아이들을 품어온 나의 삶과 닮아 있습니다.
피어나는 순간을 함께 숨 쉬며,
시들어갈 때조차 그 향기를 기억하려 했던 시간들.
그것이 곧 교육의 길이었고,
아이 한 명, 한 명이 내 마음속에서
허물을 벗고 빛으로 태어나는 기적이었습니다.

그리움은 손에 쥘 수 없지만
그 아이들의 눈망울에 비친 순결한 세상,
그곳에 나는 늘 머물러 있었습니다.
떠나보내야 할 때는
꽃잎을 흩날리듯 조용히 보내며
그 빈자리에 남은 온기를 품었습니다.
이삭빛 시인의 시처럼,
사랑은 붙잡음이 아니라 기다림이고,
기억 속에 피어나는 꽃 한 송이입니다.

내가 가르친 아이들이
어느 날 스스로 빛이 되어 세상에 서는 것을 볼 때,
나는 비로소 깨닫습니다.
그 꽃을 꺾지 않고 바라보는 일,
그것이 내가 평생 해온
'교육'이자 '사랑'이었다는 것을.

인연화 군산 창의예술 미래공간 자몽 센터장, 전 서해대학 부속 유치원 원장

詩야, 울어라

아픔을 닦아내면 미소가 된단다
아픔을 닦아내면 향기가 된단다
아픔을 닦아내면 뿌리가 된단다

오늘 밤 어둠이 찾아오걸랑
별도 온다는 것을 기억하라

오늘 밤 추위가 찾아오걸랑
신도 온다는 것을 기억하라

오늘 밤을 울려야
오늘 밤을 울려야
새해가 온다는 것을 기억하라

아픔을 닦아내면 미소가 된다 했지
나는 그 말에 오래 머물렀다
삶의 거친 들녘을 걷는 동안 미소보다 눈물이 많았지만

아픔을 닦아내면 향기가 된다 했지
나는 바람처럼 스쳐가는 사람이었지만
두 아이의 숨결을 품으며 향기로운 하루를 피워냈다

아픔을 닦아내면 노래가 된다 했지
나는 햇살 아래 묵묵히 소리없이
나의 노래를 불렀다

오늘 밤 어둠이 찾아오면 별도 오는 것을 기억하라 했지
나는 그 별을 믿으며 걸어왔고 그 믿음이 나를 지켜주었다

오늘 밤 추위가 찾아오면 신도 오는 것을 기억하라 했지
나는 그 신의 숨결을 느끼며 지친 마음을 다독여왔다

오늘 밤을 울려야 새해가 온다고 했지
늘 새해가 되면
내가 아닌 가족, 친구를 위해 소망샘 찾아갔지

시는 말한다, '시야, 울어라'
그 울음은 나의 기도였고 고단한 내 삶의 가장 깊은 노래였다

김영임 생활세무 컨설턴트

첫눈 오는 날

소낙비가 내릴 때
어둠이 음악처럼 스며들 때
너는 아무 예고 없이 내 마음에 내린다

창밖을 보던 나의 눈동자에
하얗게 번진 너의 이름
너는 말없이 다가와
세상의 모든 상처를 덮어준다

이제부터 나는 마지막을 너로 살기로 했다.
너는 내게 첫눈이니까

너로 인해 내가 발자국 하나 남기지 않고
흰눈처럼 사라진다 해도 두려워 하지 않으리

너는 내 겨울의 시작이고,
마지막 남은 봄도 너와의 시작,
온전히 남은 모든 날들은
우리의 가장 아름다운 첫날이 될 테니까

첫눈이 온다
가장, 눈물겨운 사람아,
눈을 맞으러 나가자

이삭빛 시인님께 드리는 편지

이삭빛 시인님, 안녕하십니까.
임실교육장으로 재직하던 시절, '역사가 있는 시 교실'에서
노상근 박사님과 함께한 특강의 기억이 지금도 제 마음에
따뜻하게 남아 있습니다.
그날 처음 뵈었던 시인님의 온화한 미소와 감동적인 시가
오래도록 기억에 남아 있습니다.

이번에 시인님의 아름다운 시 '첫눈 오는 날'에 대한 시평을 쓰게 되어,
저는 진심으로 영광과 감사를 느낍니다.

시인님은 늘 소녀 같은 맑음과 더불어,
부드럽고 따뜻한 내면을 지니고 계신데, 그 온도와 결이
이 서정적인 시구에 그대로 스며 있어 '보이는 모습과 시의 숨결이
하나로 이어지는구나' 하고 깊이 공감하게 됩니다.

첫눈이라는 것은 어린 시절에도, 또 나이가 익어가는 지금에도
창가에서 하늘을 바라보다가 어느새 멍하니 미소 짓게 만드는
특별한 힘이 있습니다.
그 고유한 감성이 담긴 「첫눈 오는 날」은 독자의 마음을
따스하게 감싸주는 작품이라 생각합니다.

이 시는 '첫눈'이라는 상징을 통해 사랑과 위로,
그리고 새로운 시작에 대한 깊은 사유를 품고 있습니다.
시인님께서 말씀하신 것처럼, 갑작스런 소낙비나 어둠처럼 예고 없이
다가와 마음 깊은 곳을 차지하는 존재에 대한 표현은
참으로 인상적입니다.

'세상의 모든 상처를 덮어준다'는 구절에서는
첫눈이 지닌 순수하고 포용적인 이미지가 상처와 고통을
보듬어 주는 위로의 손길로 느껴집니다.
단순한 자연의 현상이 아니라, 내면의 치유와 안식을 상징하는
'위로의 눈'처럼 다가옵니다.

'이제부터 나는 마지막을 너로 살기로 했다.
너는 내게 첫눈이니까'라는 고백에서는
대상에 대한 절대적이고 변함없는 사랑이
깊은 울림으로 다가옵니다.
첫눈이 곧 순수함과 영원함의 가치를 지닌 사랑의 시작이자
전부로 그려지며,
심지어 자신이 사라지더라도 두려워하지 않겠다는
문장 속에서 그 신뢰와 헌신의 깊이를 느낄 수 있습니다.

'내 겨울의 시작이고, 마지막 남은 봄도 너와의 시작. 온전히 남은
모든 날들은 우리의 가장 아름다운 첫날이 될 테니까'라는
대목에서는 시간의 흐름을 초월해 매순간이 새로운 시작이자
가장 아름다운 날이 될 수 있다는
희망과 긍정이 선명하게 드러납니다.
계절의 순환 속에서 변함없는 사랑의 본질을 포착해낸
시인님의 통찰이 돋보입니다.

그리고 마지막에 다다라
'첫눈이 온다, 가장 눈물겨운 사람아, 눈을 맞으러 나가자'라는
간절한 초대는 삶의 무게로 지친 순간에도 함께 첫눈을 맞으며
아픔을 나누고 서로를 위로하고자 하는
진실한 연대의 손짓처럼 느껴져 깊은 울림을 주었습니다.

이처럼 시인님의 「첫눈 오는 날」은
첫눈이 가진 서정적 이미지를 통해
사랑하는 이에 대한 깊은 애정과 삶의 상처를 감싸는
따뜻한 시선을 보여주는 작품입니다.
섬세한 감성과 감각적인 언어가 어우러져 독자에게
잔잔한 감동과 위로를 건네는 귀한 글이라 생각합니다.

이 아름다운 시를 제게 나누어 주셔서 진심으로 감사드립니다.
독자들 또한 이 시를 통해 따스한 위로와 기쁨을 느끼시기를
마음 깊이 소망합니다.

언제나 건강하시고,
앞으로도 더욱 빛나는 시의 걸음을 응원드립니다.

진심을 담아,

남궁세창 군산평화중고등학교 교장, 서예가, 전 임실교육장

가을은 우리 사이에 앉아

가을은 우리 사이에 앉아 말없이 낙엽을 넘긴다
그 잎마다 너의 이름이 적혀 있어
나는 조심스레 숨을 고른다

햇살은 너의 눈빛을 닮았고
바람은 네가 남긴 마지막 인사를 품었다
나는 그 바람을 따라 걷는다 너를 향해,
그러나 너는 없다

너를 사랑하는 일은 너를 그리워하는 일
너를 보내는 일 그리고 너를 잊지 않는 일
가을은 모든 것을 알고 있다 우리의 침묵도,
우리의 눈물도 우리의 마지막 포옹도
그래서 나는 가을을 미워하지 않는다

그저 매년 이 계절이 오면 너를 다시 만나게 될까 봐
조금 더 천천히 숨을 쉰다

조그만하고 가늘픈 한소녀가 맑은 마음으로 써내려 간 듯
이 글을 읽고 있으면 눈으로 읽는 것이 아니라
가슴으로 읽어내리는 한편의 서사시처럼
신기루 속 한 폭의 그림이 연상된다

가을은 종종 이별의 계절로 불린다.
노래 가사의 한부분에서도
'가을에 떠나지 말고 하얀겨울에 떠나요' 노랫말처럼
가을의 이별을 많이 아쉬워하지만,
이삭빛 시인의 「가을은 우리 사이에 앉아」는
단순한 계절의 이별을 넘어, 사랑과 그리움,
그리고 '잊지 않음'의 온도를 품은 시처럼 따뜻하다.
시인은 가을을 배경이 아니라 사이에 존재하는 감정의
매개자로 불러내며,
사랑의 서사시를 한 장의 낙엽처럼 조용히 펼쳐놓는다.

'너를 사랑하는 일은
 너를 그리워하는 일
 너를 보내는 일
 그리고 너를 잊지 않는 일'

단정한 반복 속에서 시인은 사랑의 본질을 정의한다.
그것은 결국, 그리움과 보냄과 기억이 공존하는 일이다.
떠나보내는 순간조차 잊지 않기로 다짐하는 마음,
그것이 사랑의 또 다른 얼굴임을 시인은 알고 있다.
'가을을 미워하지 않는다'고 고백하는 화자는
이제 상실을 슬픔으로만 바라보지 않는다.
'조금 더 천천히 숨을 쉰다'는 문장은 이별의 통증을
수용의 호흡으로 바꾸는 장면이다.

이시의 화자는 서정의 미학을 믿으며
한폭의 가을을 수채화로 그리듯
그의 문장에는 꾸밈이 없고, 감정은 절제되어 있으며,
고요한 여백 속에서 울림이 자란다.
그리하여 이 시는, 사랑의 끝자락에서
여전히 누군가를 기억하는 모든 연인과 남겨진 상처를
간직한 아쉬움의 끝에 가을의 자리에 앉아,
함께 숨 고르게 하는 한편의 위로가 된다.

김병열 시인 두부 명인, 전북두부조합 이사장

가을사랑

가을이 눈처럼 내리는 날
한 그루의 나무가되어 너를 사랑하리라
죽을 만큼 외로운 목마름,
벌거벗은 나뭇가지 사이로 다시 태어나
네 끝트머리 나뭇잎으로
별처럼 떨리는 바람 앞에 가장 숭고한 사랑이 되리라

가을이 비처럼 내리는 날
가난해서 아름다운 가을 길로 걸어 들어가
너를 위한 풍경을 정갈히 차려 놓고
너의 웃음 한 조각은 첫사랑으로
너의 빛나는 맨 발 한 걸음은 마지막 사랑으로
어디에도 없을 사랑을 맘껏 퍼부으리라.

그리고
오직 너만을 위한 사랑의 뿌리로 뻗어나가
저 깊고 높은 절망의 바닥을 온 몸으로 맞으리라

★詩포인트

이 시를 보면
장석주시인의 '다시 첫사랑의 시절로 돌아갈 수 있다면'이 생각난다.
어떤 일이 있어도 첫사랑을 잃지 않으리라
지금보다 더 많은 별자리의 이름을 외우리라
– 중간 생략 –

꿈이 깨어지는 것 따위는 두려워하지 않으리라
– 중간 생략 –

벼랑 끝에 서서 파도가 가장 높이 솟아오를 때
바다에 온몸을 던지리라
했던 시인의 그 높고 맑은 정신처럼
이 시에서는 가을이 눈처럼 내리는 날, 오직 너만을 끝까지 사랑하리라고 선언한다.
가장 높은 곳에서 눈앞에 욕망을 던져버리고 어디에도 없을 사랑만을 선택하겠다고 말한다.
사랑하기 위해 절망의 바닥까지도 불사르겠다는 사랑의 위대함을 보여주는 시이다.
'가을이 시작되는 문턱에서 반짝이는 나뭇잎의 떨림처럼 사랑의 가치에 온 몸을 내밀어 보아라.'

※사랑은 모든 것을 가능하게 한다. 높고 깊은 절망까지도 사랑하기 때문이다.
　　　　　　　　　– 이삭빛

가을이 눈처럼 내리는 날,
'한 그루의 나무가 되어 너를 사랑하리라'는 시인의 고백은
교육에 평생을 바친 저의 다짐이었습니다.
아이들의 동심을 일깨우는 음악 교육에 저의 뿌리를 내렸고,
때로는 '죽을 만큼 외로운 목마름'이 있었을지라도,
교육자로 정년 퇴직하던
그 순간은 모든 껍질을 벗어던진 '벌거벗은 나뭇가지' 사이로
다시 태어나는 기쁨이었습니다.

이제 저는 '네 끝트머리 나뭇잎'처럼, 순수함으로 떨리는 대금과
팬플룻 선율이 되어,
'별처럼 떨리는 바람 앞에 가장 숭고한 사랑'을 펼치고 있습니다.
가을이 비처럼 내리는 날,
저는 기꺼이 '가난해서 아름다운 가을 길로 걸어 들어가'는
사람입니다.

음악으로 만났던 아이들의
'웃음 한 조각'은 저의 영원한 '첫사랑'이었고,
지금 음악 나눔을 통해 세상을 밝게 하려는
이 '빛나는 맨 발 한 걸음'은
저의 '마지막 사랑'입니다.
저의 삶은 교육과 음악이라는 두 줄기로 엮인 《가을사랑》입니다.
영원한 사랑을 맹세하는 시인의 뜨거운 마음이,
평생을 바친 저의 삶의 궤적과 만나 깊은 감동으로 울려 퍼집니다.

홍인표 팬플룻(Panflute) 단소 대금 연주자, 전 김제 청운초 교장

장자도의 추억.44x94cm. 한지에 수묵담채.2017(군산)

어둠에게

너는 조용히 내려와 무너진 틈을 메우고
인간의 언어조차 닿지 않은 침묵 속에서
아픈 그림자를 품어주었다

빛이 스러진 자리,
시간은 너의 등뼈를 타고 멎었고
길을 잃은 바람마저 너의 품 안에 머물렀다

고요한 너의 숨결 속에서
긴 잠에 들었던 상처 하나,
검은 씨앗처럼 스스로를 틔웠다

한때는 낙엽이었지만 버려진 것이 아니었다
떨어질 때를 아는 존재였을 뿐
이제는 뿌리로 살아 어둠 아래
세상의 무게를 거슬러 자란다

심연 끝에 고인 물,
네가 흘린 고통이 나를 적시고
새벽은 너의 등을 타고 와 굳은 흙을 다시 일으켰다

나는 다시 솟아올랐다
빛 때문이 아니었다
젖은 어둠, 그 무게가 내 생을 들어올렸다
그 속에서 잃었던 목소리는
잎 하나 되어 바람을 따라 떨렸고
그 속에서 나는 마침내 나를 말할 수 있었다

아, 이 어둠이 나의 편이었음을
한 생을 걸어와 마침내 깨달았다

너를 통과해 나는 누군가를 지켜낼 수 있고
지금은 또 다른 어둠 앞에 고요히, 손을 내밀고 있다

저는 문화 예술의 현장에서 오랫동안 사람들의 이야기를 듣고,
그 안에 담긴 깊이를 보아온 사람입니다.
이삭빛 시인의 시 '어둠에게'를 접하고,
어둠이 우리 존재를 어떻게 단련하고 성장시키는가에 대한
깊은 울림을 받았습니다.

우리는 늘 빛을 향해 나아가야 한다고 배웠습니다.
고통은 피해야 할 그림자였고,
상처는 서둘러 아물게 해야 할
결핍이었습니다. 하만 이 시는 그 익숙한 서사를 완전히 뒤집습니다.
제가 젊은 시절, 모든 것이 무너져 내리는 듯한 큰 좌절을 겪었을 때,
저는 스스로를 '빛이 스러진 자리'에 던져진 낙엽이라 생각했습니다.

아무도 찾아오지 않는 침묵 속에서 시간이 멈춘 듯 고립되었죠.
그때 제 안의 무너진 틈을 메워준 것은
성급한 위로나 조언이 아니었습니다.
바로 묵묵히 내려앉은 어둠 그 자체였습니다.

시인은 말합니다.
'젖은 어둠, 그 무게가 내 생을 들어올렸다.'
저를 끌어올린 것은 외부의 화려한 구원이 아니라,
고통을 회피하지 않고 온전히 받아들였던
내면의 검고 축축한 무게였습니다.

그 어둠 속에서 상처는 조용히 긴 잠에 들었고,
'검은 씨앗처럼' 스스로를 틔울 힘을 길렀습니다.
떨어질 때를 아는 낙엽처럼,
저는 비로소 내려앉는 과정 자체가 다시 뿌리로 살아나는
성장의 방향임을 깨달았습니다.

시인의 말처럼, '어둠이 곧 빛이었다고,
나를 절제하고 키우는 빛이었다고.'
어둠은 저를 억압하지 않고, 감정을 절제하게 했으며,
가장 본질적인 '나'의 목소리에 귀 기울이게 했습니다.

그 깊은 침묵 속에서 잃었던 저의 목소리는 잎 하나 되어
바람을 따라 떨리며 마침내 '나를 말할 수 있게' 되었습니다.
이 어둠은 패배가 아니라,
제 생이 뿌리내릴 수 있도록 허락된 은밀한 흙이었습니다.

이제 저는 그 어둠을 통과한 힘으로,
또 다른 어둠 앞에 서 있는 이들에게 고요히 손을 내밀 수 있습니다.
상처를 미화하지 않고, 고통을 극복하라는 강요 대신,
그저 그들의 침묵을 품어줄 수 있는 힘이 생겼습니다.
이삭빛 시인이 발견한 이 성장의 역설이야말로,
우리가 진정으로 예술과 삶의 깊이 속에서
배워야 할 지혜가 아닐까 생각합니다

마완식 시민문화대학 이사장, 평화통일 전문위원
　　　　전주·완주 통합추진위원장

바다를 만나러 가자

바다에 왔는데 바다가 없다
계속 올라 온 발자국이
'이제 아래로, 아래로 내려가라' 한다.

* 내려가는 것이 결국 올라가는 행복의 지름길이다

내 안의 가장 낮은 바다를 찾아서
이삭빛 시인님의 '바다를 만나러 가자'를 다시 읽으며

바다에 왔는데 바다가 없다/
계속 올라온 발자국이/
'이제 아래로, 아래로 내려가라' 한다.//

― 이삭빛의 시, '바다를 만나러 가자' 라는

짧지만 저에게 깊은 물음표를 던지는
시의 구절을 다시금 읊조려 봅니다.
돌이켜보면 저는 엄마로서, 직장인으로서,
며느리로서 잠시도 쉴 틈 없이 걸어왔습니다.
우체국에 근무하던 시절, 감사한 마음으로
1인 4역을 마다하지 않고 뛰어다녔던
그 치열했던 날들이 주마등처럼 스칩니다.

만약 제 가슴에 시(詩)를 품는 마음조차 없었다면,
굽이굽이 이어진 인생의 뒤안길을
어찌 헤쳐 왔을까, 지금 생각해도 아찔하기만 합니다.
시 속의 '계속 올라온 발자국'은 어쩌면 제가 가족과 사회를 위해
헌신하고 희생하며
쌓아 올린 삶의 고도(高度)였을 것입니다.

그 발자국 하나하나는 제 헌신의 증표이기에,
지나온 모든 순간이 사무치게 감사합니다.

그런데 시적화자는 역설적으로 말합니다.
'바다에 왔는데 바다가 없다'라고.

숨 가쁘게 '위로' 올라왔지만, 정작 제가 찾던 내면의 평화와 안식,
그 바다처럼 넓은 마음은 높은 곳에 있지 않았습니다.

발자국은 제게 '이제 아래로, 아래로 내려가라'고 일러줍니다.
그제야 깨닫습니다. 진정한 '바다'는 눈앞에 펼쳐진
물리적 공간이 아니라, 스스로를 비워내고 더 낮은 곳으로 임할 때
비로소 만날 수 있는 '헌신의 마음'임을 말입니다.

가장 낮은 곳에 고여 비로소 넓어지는 바다처럼,
저 또한 저를 낮추고 비울 때
사랑하는 이들을 더 깊이 품을 수 있음을 배웁니다.
이것이 제가 걸어가야 할 사랑의 길이며,
남은 생을 아름답게 빛낼 수 있는 유일한 방법이라 확신합니다.

사랑하는 남편을 먼저 천국으로 떠나보낸 후,
가슴 한구석엔 시린 바람이 불기도 했습니다.
하지만 그 상처 난 외로움조차 '시'라는 친구가 곁에 있기에
다 내려놓을 수 있었습니다.
이제 저는 아픔을 넘어, 이삭빛시인님의 시의 향기처럼
바다가 되어 넉넉하게 출렁이며 살아가려 합니다.

그리고
내면 가장 깊은 곳, 그곳에서 만날 사랑과 평안의 바다를 향해.
헌신으로 일구어 온 제 삶의 풍경이 그 바다와 만나
더욱 아름답게 채워지기를 소망합니다.

이대순 시인

누구나 한 번은 운명이라는 시계가 울린단다

누구나 한 번은 운명이라는 시계가 울린단다
꽃 떨어지는 아픔이 몰려와
햇살마저 우울해질 때,
모든 걸 포기하고 싶을 때가 있단다
그러니 친구여 그 순간
겨자씨만한 힘을 내어 청춘의 냄새를 맡아라

인생이란, 고통의 시간이 도미노처럼 차가워지기 시작해
심장도 죽고 싶을 때가 있단다.
그때마다 청춘의 파도를 드높여라

그리고
사랑이 땅으로 떨어진 날,
땅에 떨어진 햇살을 한 움큼씩 주워 담아라
늙은이의 초라한 행색도 신의 미소처럼 아름다우며,
그대와 나의 젊은 날의 슬픔도
어느 별의 첫발자국처럼 신선하리니,
친구여, 꽃 떨어진 아픈 자리, 열매로 새롭게 채워지리라

친구여 아는가?
그 어떤 인생도 숭고하지 않은 인생은 없단다.
그러니 이제, 두 갈래의 길 앞에서 우체통처럼 빨간,
사랑의 길로 걸어가자

사십 해의 바람을 건너오며 아이들과 함께
웃고 울며 교육 열차를 운행 했습니다.
그 속에 때로는 후회가 있었고,
꽃이 지듯 조용히 아파오는 밤도 있었습니다.

그런데 이삭빛 시인님의 시가 살며시 마음을 두드립니다.
'친구여, 꽃 떨어진 자리에 언젠가 열매로 새롭게 채워진단다.'

그 한 줄이 내 굳은 마음을 풀어
오래 묵은 슬픔까지 따뜻하게 안아줍니다.
내가 걸어온 길이 거창한 자취는 아닐지라도,
아이들의 눈 속에서 반짝이던 햇살 한 조각이 되어 있었음을
이제야 조용히 깨닫습니다.

무너질 듯 흔들리던 날들이 사실은 누군가의 청춘에
작은 파도 하나를 보태고 있었다는 것
그 깨달음이 내 가슴을 다시 부드럽게 데웁니다.
그래서 오늘, 나는 붉은 우체통 하나가 되어
세상에 한 장의 사랑을 띄우려 합니다.

두 갈래 길 앞에서 한참을 서성이는 청춘에게,
그리고 이미 지나온 내 지난날에게
살며시 건네봅니다.
우리, 너무 서두르지 말고 햇살을 주워 담듯
사랑의 길을 천천히 걸어가자고.

그 길의 끝에서 우리가 발견할 삶은
어쩌면 어느 별의 첫 발자국처럼 새롭고 맑을 테니

현석 시 활동가(본명 노상근) 전주 노송동 얼굴 없는 이삭빛 천사본부 공동 대표, 시활동가

봄날 망해사.2010.한지에 수묵담채.43x53cm(김제)

편집을 마치며, 따뜻한 시 한모금

가을에 시작된 시집 작업이 겨울의 끝자락에서
한 권의 책으로 완성되었습니다.
이삭빛 시인님의 시는 메마른 마음에 사랑을 지피고,
힘든 삶 속에서도 다시 살아갈 힘을 줍니다.
이번 시집은 시인의 목소리만이 아니라,
그의 시를 읽고 삶을 비추어 쓴 50명의 명사
시평이 함께 담겨 있습니다.
각자의 삶의 경험과 마음이 모여 시와 독자가 하나 되는
특별한 울림을 만들어 냅니다.
또한 홍성모 화백의 한국화 작품이 더해져
시와 그림이 서로를 비추며 깊은 감동을 선사합니다.
이 책이 독자들의 마음에 위로와 빛이 되어주기를 소망합니다.

송재영 수필가, 전 제주지방 검찰청 수사과장

이삭빛 시인의 시는 언제나 따뜻하고,
사람의 영혼을 깨우는 아름다움으로 빛난다.
세월이 흐를수록 시는 더욱 깊어지고,
삶의 흐름을 따라 익어감을 느꼈다.
첫 만남 이후 지금까지,
이삭빛 시를 읽을 때마다 나에게는 새로운 감동이 찾아왔다.
그 감동에 이끌려 기꺼이 새로운 시집의 편집에 동참하게 되었다.
이 시집이 힘겨운 현실 속에서도 독자들에게
아름다움과 희망을 전하는 햇불이 되기를 바란다.
평생 교육자로 살아온 나에게 이번 편집 과정은 스스로도
큰 감동을 남긴 깊은 순간이었다.
그 순간을 이 책을 읽는 모든 독자들과 나누고 싶다.

백광흠 그린디지털 리터러시 원장, 전 전일중 교장

이번 시집의 표지를 열어 QR 코드를 스캔하면,
이삭빛 시인과 편집장 현석 시활동가가 함께 시집을 소개하는
영상이 펼쳐집니다. 나는 그 영상을 담당하는 편집자로서
이 여정에 동참하게 되었고, 시인과의 동행은
언제나 행복한 순간이었습니다.

이 시집은 단순한 책이 아니라,
곳곳에 보물처럼 숨어 있는 QR 코드가 독자들을 기다리고 있습니다.
스캐너를 통해 하나씩 발견되는 이야기들은
시와 더불어 또 다른 울림을 전해 줄 것입니다.

전철수 화백 글로벌선교방송단 선교기자

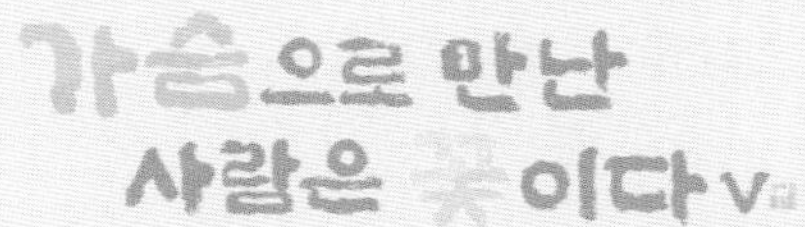

가슴으로 만난
사람은 꽃이다 v

인쇄 2025년 12월 22일
발행 2026년 1월 1일

시   이삭빛
그림   홍성모
글   노상근 외

발행처 가온미디어
주 소 전주시 완산구 충경로 32(중앙동, 2층)
인쇄처 대흥정판사
       Tel. 063-254-0056

ISBN 979-11-91226-30-0

값 14,000원